Emanuele Trevi

ZWEI LEBEN

Emanuele Trevi

ZWEI LEBEN

Erzählung

Aus dem Italienischen
von Christiane Burkhardt und Janine Malz

Questo libro è stato tradotto grazie a un contributo per la traduzione assegnato dal Ministero degli Affari Esteri e della Cooperazione Internazionale italiano.

Die Übersetzung dieses Buches kam dank einer Förderung des Italienischen Ministeriums für Auswärtige Angelegenheiten und Internationale Zusammenarbeit zustande.

Die Arbeit der Übersetzerinnen am vorliegenden Text wurde vom Deutschen Übersetzerfonds gefördert.

Was das Glücklichsein betrifft,
so ist das ein furchtbar schwieriges und
aufreibendes Unterfangen.
So als würde man eine kostbare Pagode
aus mundgeblasenem Glas auf dem Kopf
balancieren, verziert mit Glöckchen und zarten
Flämmchen;
so als müsste man die tausend obskuren und
anstrengenden Bewegungen des Tages
Stunde um Stunde ausführen,
ohne dass auch nur eine Flamme erlischt
oder auch nur ein Glöckchen einen schiefen Ton
von sich gibt.

Cristina Campo

(in einem Brief an Gianfranco Draghi,
Februar 1959)

Er war einer von diesen Menschen, die dazu bestimmt sind, ihrem Namen im Lauf der Zeit immer ähnlicher zu werden. Ein unerklärliches Phänomen, aber gar nicht mal so selten. *Rocco Carbone* klingt tatsächlich nach einem geologischen Gutachten. Und viele Facetten seines wahrhaftig nicht einfachen Charakters sprachen deutlich für eine Sturheit, eine Härte aus dem Reich der Mineralien. Vorausgesetzt wir besinnen uns wie die alten Alchemisten darauf, dass es in der Natur nichts *Psychischeres* gibt als Steine und Metalle. Ein Eindruck, der durch seine kantige Physiognomie und seine markanten Züge eher noch verstärkt wurde. Sein dichter, kompakter, massiver Haarschopf wirkte fast so, als wäre er modelliert und aufgemalt wie der von Marionetten. In den fünfundzwanzig Jahren, die ich ihn bis zu seinem Tod mit sechsundvierzig erlebt habe, ist er für mich im Grunde unverändert geblieben – ganz so, als hätte das Leben, dieses unerbittliche und gleichgültige Los, keinerlei sichtbare Spuren bei ihm hinterlassen. Der ausdauernde Läufer mit den muskulösen Armen hatte schon als junger Mann einen schwarzen Gürtel in Judo. Er liebte es, diese edle Kampfkunst in ebenso

spontanen wie gefährlichen Darbietungen vorzu-
führen. Und es war wirklich unmöglich, ihn auch
nur um einen Millimeter zu verrücken, wenn er
die Füße wie bei seinem einstigen Tatamimatten-
Training fest in den Boden stemmte. Erst in den
letzten Jahren legte er durch das Lithium, das er
einnahm, etwas an Gewicht zu, aber ohne dass er
deswegen weniger kompakt und kämpferisch gewirkt hätte. Seine Kleidung war stets mehr als nur
schlicht. Schon harmlose Pullover-Rauten waren
ihm unangenehm, wie er mir einmal gestand. So
wie man einen Horror vacui haben kann, haben
manche Leute eine krankhafte Angst vor allen
Verzierungen. In seiner letzten Wohnung in Rom,
in Monteverde Vecchio in einem modernen Mehrfamilienhaus in der Via Lorenzo Valla, gab es
nicht ein einziges Bild, rein gar nichts schmückte
die weißen Wände. Die Einrichtung beschränkte
sich auf das Nötigste. Er mochte dunkles Holz
und Lederpolster – alles, was den Charakter eines Raums, eines Menschen unaufdringlich und
schnörkellos ausdrückt. Ich erinnere mich an
einen Vormittag im Sommer 1995, als wir uns in
Paris vor dem Musée d'Orsay trafen. Erst wenige
Wochen zuvor war der französische Staat in den
Besitz von Courbets *Der Ursprung der Welt* gelangt.
Der letzte Privatbesitzer dieses Gemäldes mit
abenteuerlicher Provenienz war Jacques Lacan,

der angeblich seinen Spaß daran gehabt haben soll, seine Gäste (oder seine Patienten?) mit einer Art Enthüllungsritual zu unterhalten. Er entfernte die Abdeckung, die das Gemälde vor lästigen empörten oder lüsternen Blicken schützte, und da war er, der Ursprung aller Dinge bzw. die Pforte ins Leben: Der feuchte, halboffene, von Schamhaar bedeckte Spalt zwischen zwei wohlgeformten, gespreizten Schenkeln ist mit einer solchen Könnerschaft und Hingabe gemalt, dass er fast schon seinen leicht süßlichen, berauschenden Duft einer überreifen Frucht zu verströmen scheint. Bei der offiziellen Übergabe des Meisterwerks an das Musée d'Orsay verrenkte sich der arme französische Kulturminister, ein Katholik und ehemaliger Bürgermeister von Lourdes, der notgedrungen an der Zeremonie teilnehmen musste, wie ein Schlangenmensch, um ja nicht von den Fernsehkameras mit dieser Möse verewigt zu werden, die trotz ihres künstlerischen Etiketts durchaus in der Lage war, sündige Gedanken hervorzurufen. Zwischen den riesigen Werken, die die Wände des Courbet-Saals im Erdgeschoss des Museums bedecken, nimmt sich *Der Ursprung* mit seiner Kantenlänge von rund fünfzig Zentimetern direkt mickrig aus: derselbe Effekt wie bei Andrea Mantegnas *Beweinung Christi* in der Pinacoteca di Brera – auch so ein malerisches Meisterwerk, bei dem das Sakrale die winzigen Dimensionen sprengt. Rocco war außer sich vor Begeisterung. Mit dabei war auch Pia Pera, unsere geliebte Pia, die wie immer, wenn wir drei zusammen waren, einen nicht unerheblichen Teil ihrer Energie darauf verwandte, zu verhindern, dass Rocco und ich aus den üblichen völlig unwichtigen Gründen in Streit gerieten. Aber an diesen Vormittag habe ich eine besonders schöne Erinnerung, das Leben schien noch vielversprechende Geheimnisse bereitzuhalten und es war, als hätte der Meister soeben extra für uns mit einem letzten Pinselstrich sein Glanzstück vollendet. Wie gesagt, Rocco war am begeistertsten. Noch Jahre später sprach er darüber wie von einem ästhetischen Erweckungserlebnis, wie von einem wichtigen Meilenstein unserer Freundschaft. Die erotische Intensität dieses Bildes, seine philosophischen und naturalistischen Anspielungen interessierten ihn jedoch kein bisschen. Wenn überhaupt, war es das Nichtvorhandensein jeglicher Zeichenhaftigkeit, das ihn faszinierte: die eindeutige Einheit von Dargestelltem und darstellerischen Mitteln. Mit anderen Worten, das, was man als Courbets höchste Freiheit bezeichnen kann, die nicht darin besteht, eine offene Möse so zu malen, wie sie nun mal aussieht, nämlich in all ihrer Fleischlichkeit, sondern darin, dies ohne jede rhetorische Verbrämung zu tun. Natürlich kann man sagen, dass diese Eindeutigkeit, diese Freiheit ihrerseits Kunst und somit Utopien sind: Rocco, alles andere als dumm, wusste das ganz genau, dennoch hatte er das dringende Bedürfnis, sich der Essenz, der Klarheit, der Konzentration, der größtmöglichen Übereinstimmung zwischen Darstellung und Dargestelltem anzunähern. Aus meiner Sicht hatte er ein fast schon verzweifeltes Bedürfnis nach konkreten Wortbedeutungen ohne jede Mehrdeutigkeit und nach den moralischen Implikationen dieser Konkretheit («Wie meinst du das?» – «Wieso sagst du das?» – «Wieso lachst du?»). Wer ihn kannte, wusste, dass da noch etwas viel Tiefgehenderes, Notwendigeres und Zwingenderes dahintersteckte als bestimmte künstlerische oder literarische Vorlieben. Die Furien, die ihn, seit er auf der Welt war, mal mehr, mal weniger verfolgten, jubelten bei Manierismen, Komplikationen, uneindeutigen Zeichen und ihren Bedeutungen. Hartnäckig versuchte er, zu vereinfachen, zu entschlacken. Wenn es die menschliche Anatomie zuließe, hätte er sich liebend gern sogar noch die Knochen und Nerven mit einer eisernen Drahtbürste blankgeschrubbt.

Geboren wurde er im Februar 1962 in Reggio Calabria, ausgerechnet in der schwierigen astrologischen Übergangsphase Wassermann und Fische. Den Großteil seiner Kindheit verbrachte er jedoch in Cosoleto, einem kleinen Dorf im Aspromonte mit einem harten, stolzen, verschlossenen Menschenschlag, der dazu neigt, Leben wie Tod mit heftiger Verbitterung zu begegnen. Die dortige Grundschullehrerin war seine Mutter, die ihn im Unterricht stets genauso behandelte wie die anderen Kinder, wenn nicht gar strenger – worunter er verständlicherweise litt. Sein Vater war lange Bürgermeister dieses kleinen Dorfes im Schatten der Berge, umgeben von uralten Wäldern und reißenden Bächen, die seit Jahrtausenden den Fels zerklüften. Über seinen Vater erzählte Rocco oft eine lang zurückliegende, befremdliche Anekdote. Im Sommer 1970 schaute dieser mit Rocco und dessen jüngerem Bruder Sandro (zusammen mit der Schwester waren es drei Kinder) das berühmte (und überschätzte) Halbfinale Italien gegen Deutschland bei der Fußball-WM in Mexiko. Ja genau, das, was mit 4:3 für uns ausging, mit fünf Toren in der Verlängerung und dem alles entscheidenden, beherzten Schuss von Gianni Rivera. Doch als die reguläre Spielzeit vorbei war und das Beste erst noch kommen sollte, ertrug der Vater die Anspannung nicht länger, so Rocco. Er machte den Fernseher aus und zwang sich sowie beide Söhne ins Bett zu gehen. Roccos Anekdoten waren alle so, Fragmente eines absurden Theaters, die er ausgrub, ohne es sich nehmen zu lassen, sie x-mal zu wiederholen – ganz so, als würden sie dadurch veredelt, bekämen eine prophetische Bedeutung oder groteske Schönheit. Und zwar solange, bis sich diese Erzählungen bei denjenigen, die sie zu hören bekamen, unauslöschlich ins Gedächtnis eingebrannt hatten.

Als ich Rocco im Winter 1983 kennenlernte, war er erst seit Kurzem in Rom. Er hatte sich für Literaturwissenschaften eingeschrieben und eine Art Stipendium für die Teilnahme an einem Dramaturgie-Seminar bei Eduardo De Filippo bekommen. Zwischen dem großen Schauspieler, der inzwischen am Ende seines Lebens angelangt war, und dem blutigen Anfänger herrschte eine spontane, unwiderrufliche Abneigung. Entgegen jeder Logik und ganz so, als hätten sie die Rollen und das damit einhergehende Urteilsvermögen getauscht, fand Rocco den altehrwürdigen

Eduardo «arrogant». Damals wohnte er in einem Priesterkolleg bei den warmherzigen und toleranten Silvestrinern, die viele «von außerhalb» aufnahmen (und sie im Grunde machen ließen, was sie wollten), und zwar in einem uralten, baufälligen und labyrinthischen Gebäude in der Via Santo Stefano del Cacco, ungefähr auf halbem Weg zwischen Piazza della Pigna und Piazza della Minerva. Das war und ist bis heute einer dieser Orte in Rom, die von der Zeit überwuchert werden wie von einem Schimmelpilz: von etwas, das man mit Händen greifen kann und das einen ganz besonderen Geruch verströmt. Um Patrick Leigh Fermor zu zitieren, einen Schriftsteller, den Rocco sehr verehrt hat: «wunderbar verwirrend und labyrinthisch, wie mit Spinnweben überzogen». Links vom Eingang des Priesterkollegs befindet sich die Fassade der kleinen Kirche Santo Stefano Protomartire, eine der ältesten der Stadt, erbaut auf den Überresten eines Isis-Tempels. Hier sind seit jeher ägyptische Kulte und Bildnisse beheimatet: Auch der seltsame «Cacco», dem die Straße ihren Namen verdankt, ist von *macaco* oder *macacco* abgeleitet, wie eine zu Ehren des Gottes Thot errichtete Statue im Volksmund hieß. Dieser gilt als Erfinder der Schrift sowie als Schutzheiliger der Schreiber und wird mal mit einem Pavian-, mal mit einem Ibis-Kopf dargestellt. Auch wenn man sich in dieser Gegend nicht besonders gut auskennt, gibt es zu Anfang der kleinen Straße einen unverwechselbaren Anhaltspunkt: einen großen, in einer Sandale steckenden Marmorfuß, das Relikt einer gigantischen Statue von irgendeinem Kaiser, das eins zu eins einem Gemälde von De Chirico entsprungen sein könnte. Um zu Roccos Zimmer zu gelangen, musste man zuerst eine Art dunkle Wendeltreppe überwinden. Niemand kontrollierte, wer hier ein und aus ging. Neben den Silvestrinern und ihren jungen Gästen sollen in diesem in die Jahre gekommenen Gebäude unzählige Gespenster gehaust haben – keine, die Böses im Schilde führten, sondern höchstens die üblichen Streiche römischer Geister spielten. Roccos Zimmer, penibel aufgeräumt und im Ansatz schon so wie all seine späteren Wohnungen, bot einen spektakulären Blick auf das Häusermeer im Bauch von Rom. Die Kuppel des Pantheon und der Glockenturm von Sant'Ivo alla Sapienza standen sich gegenüber wie Raumschiffe zweier miteinander verfeindeter Planeten, bereit zum ultimativen Angriff. In diesem Teil des Zentrums, der vom riesigen Koloss des Collegio Romano dominiert wird, herrscht selbst an Sommerabenden, wenn Horden von Rumtreibern die Straßen erobern, eine uralte Stille, auch die Schatten wirken beständiger als anderswo – ganz so, als wären sie

16

von der Feuchtigkeit unterirdischer Flüsse und Seen gesättigt. Ciccio Ingravallo, genannt Don Ciccio, der Held aus Carlo Emilio Gaddas *Die grässliche Bescherung in der Via Merulana,* hat genau da gearbeitet, auf dem Polizeikommissariat, das sich noch heute dort befindet und von der Rückseite des Palazzo Altieri überragt wird wie von einer hohen steilen Klippe. Romanfantasien und Realitätsaspekte können in gewissen Vierteln alter Städte miteinander verschwimmen und einander bedingen. Immer wenn ich Gaddas Meisterwerk lese, stelle ich mir Rocco als Ciccio Ingravallo vor – eine keineswegs willkürliche Assoziation. Er selbst hat sich in seinen frühen Romjahren, in denen er sich erst noch einleben musste, ganz unter dem Eindruck der Stadt vollkommen mit diesem literarischen Vorbild identifiziert. Schon ab der ersten Seite erkannte er sich in diesem «ärmlichen und hartnäckigen» (so Gadda) Kommissar wieder, aus einem glanzlosen Süditalien stammend, das so gar nichts Sonniges, geschweige denn Dionysisches hatte: ein trister sozialer und kultureller Hintergrund, von dem man nicht viel mehr mitnehmen konnte als Anstand und Würde sowie ein pessimistisches, desillusioniertes Menschenbild. Und da es ihn ausgerechnet dorthin verschlagen hatte, in die Via Santo Stefano del Cacco, wurde Gaddas Roman für Rocco zu mehr als nur einem

bewunderten und gründlich erforschten Kunst-
werk, sondern zu einer Art Trostschrift, zu einer
Anleitung zum Widerstand gegen den hinterhäl-
tigen Druck, den Rom mit seiner offen zur Schau
gestellten, angeblichen Unbeschwertheit auf
Fremde ausübt. Ständig zitierte er ihn, entdeckte
immer neue Details am mimetischen Genie Gadda: Die Verballhornung des Namens Ingravallo
durch eine Nebenfigur zu «Ingarballo»* entzück-
te ihn. Von mittlerer Statur, die Haare dicht und
gekraust, gekleidet, «wie eben das magere Beam-
tengehalt sich zu kleiden verstattete», war Ciccio
Ingravallo die bescheidene, überzeugende Verkörperung einer durchaus glaubhaften Philosophie, die bekanntlich auf einer radikalen Reform
des Ursachenbegriffs beruht. Denn auch wenn
jedes Ereignis eine vordergründige oder «schein-
bare» Ursache hat, muss man – vorausgesetzt
man will ein wenig Licht in die finsteren Abgründe der Welt bringen – lernen, auch alle anderen
miteinzubeziehen, die zum jeweiligen Ereignis
hinführen («genau wie die sechzehn Winde der
Windrose sich zur zyklonischen Depression einer
Windhose verdichten»). Eine unter Umständen
recht nützliche Schlussfolgerungsmethode für

---

* (Was an das römische «ingarbugliare» für «verkomplizieren»
erinnert, Anm. d. Ü.)

einen Polizisten und Krimihelden. Ich hingegen brauche nur den Begriff «Verbrechen» durch den Begriff «Schwermut» zu ersetzen, damit sich die Silhouette meines Freundes, das Trenchcoat-Revers gegen den Nachtwind hochgeschlagen und eine rasch verglühende Zigarette zwischen den Lippen, perfekt mit der von Gaddas Helden deckt und mit ihr verschwimmt.

Die Schwermut. Und ihre schrecklichen, miteinander verknäuelten gaddianischen Miturssachen. Von Roccos Leben zu erzählen, heißt unweigerlich auch von seiner Schwermut zu erzählen und zuzugeben, dass sie zu dem Päckchen gehört, das zu tragen den *im Zeichen des Saturn Geborenen* vorherbestimmt ist. Aber wie soll man das, worunter Rocco litt, beschreiben? Wollte man es genau benennen, müsste man letztlich einen neuen Begriff erfinden, so etwas wie «Rocchitis» oder «Rocchiasis». Aber wozu? Je näher man einem Menschen kommt, desto mehr erinnert er an ein impressionistisches Gemälde oder an eine Mauer, bei der im Lauf der Zeit und aufgrund der Witterung der Putz abgeplatzt ist: Irgendwann ist da nur noch ein Wirrwarr aus bedeutungslosen Flecken, Klumpen, unergründlichen Spuren. Entfernt man sich hingegen, ähnelt derselbe

Mensch nach und nach unzähligen anderen. Das Einzige, worauf es bei solchen literarischen Porträts ankommt, ist, die richtige Distanz zu finden, sprich einen unverwechselbaren Stil. Soweit Rocco sich erinnern konnte, war nicht einmal seine Kindheit völlig vor dieser heimlichen Gefährtin verschont geblieben, von dieser alles vereitelnden Finsternis, dieser schrecklichen und sinnlosen Blutsaugerin Schwermut. Deutlicher zum Vorschein kam sie allerdings erst ein wenig später, in seiner Gymnasialzeit. Die Carbones wohnten in der Via Tripepi, einer großen Hauptstraße in Reggio Calabria mit ihrem süditalienischen Dekor aus schmiedeeisernen Balkonen und Oleanderbäumchen. Sein enormes, fast schon erstaunliches Talent zur Freundschaft zeigte sich bereits sehr früh und führte zu seinen ersten wichtigen Bindungen. Er war ein ausgezeichneter Schüler, las gerne, spielte recht gut klassische Gitarre mit diesen kräftigen Fingern, die wie dafür gemacht zu sein schienen, die Akkorde zu greifen, und besuchte den einzigen Filmclub der Stadt. Aber diese Konstellation aus positiven oder zumindest normalen Faktoren war um eine Art schwarzes Loch angeordnet, das in der Lage war, jegliche Lebensenergie zu verschlucken und sie in einen bedrückenden, lähmenden, verzweifelten Lebensüberdruss zu verwandeln, sodass ihm die

Zukunft wie die unabwendbare ständige Wiederholung einer unerträglichen Gegenwart vorkam. Gedanken suchten ihn scharenweise heim wie die biblische Heuschreckenplage, ohne dass er sich davon hätte befreien können. Schon sehr früh konnte er kaum noch schlafen, und bereits mit zwanzig hatte er denselben Tagnachtrhythmus wie alte Leute, die schon um fünf Uhr früh auf sind. Seit er sich erinnern konnte, gab es kein Quäntchen Glück, das nicht von dieser dunklen Macht unterwandert, umzingelt, verseucht war.

Das Foto hat Rocco gemacht, 1989 oder 1990. Wir waren abends bei ihm zu Hause in der Via del Boschetto, über uns diese verfluchten Dachbalken, an denen man sich früher oder später den Kopf stieß, auch wenn man sich hoch und heilig geschworen hatte, aufzupassen. Mir gefällt dieser Moment, den Rocco da zufällig eingefangen hat, wahnsinnig gut: Lachend hält Pia schützend die Hand über meinen Kopf, wie um Unheil fernzuhalten. Dass das Foto von Rocco stammt und wir an dem Abend nur zu dritt waren, schlussfolgere ich aus anderen Bildern dieser Reihe, deren Existenz ich fast dreißig Jahre lang völlig vergessen hatte und die mir rein zufällig in die Hände fielen, als ich einen Haufen Unterlagen im Schrank ordnete. Es sind immer nur zwei von uns abgebildet, während der oder die Dritte im Bunde eine von diesen Wegwerfkameras bedient, die man im Fachgeschäft entwickeln ließ. Auf einigen Fotos, die Pia geknipst hat, sind Rocco und ich bei einer Art Freistilringen zu sehen. Auf einem anderen habe ich die beiden dabei abgelichtet, wie sie in Roccos Schallplatten stöbern, vermutlich um zu entscheiden, was wir uns als Nächstes anhören.

Das Bild ist verschwommen, aber die Schallplatte in Pias Hand sieht verdächtig nach *La voce del padrone* von Battiato aus. Auf allen Fotos sehen wir glücklich und eventuell ein wenig beschwipst aus; wie Menschen, die völlig im Moment, im Beisammensein aufgehen. Wir haben viele solcher Abende verbracht – wenn Pia wegen irgendeines Auftrags nach Rom kam oder einfach nur, um uns zu sehen. Ich weiß noch, wie wir sie einmal stundenlang auf eine aufreibende Suche nach Schmuggelzigaretten mitgeschleppt haben. Aus irgendeinem rätselhaften bürokratischen Grund waren die Zigaretten auf einmal aus sämtlichen Tabakläden und Bars verschwunden. Zuerst die Guten, dann auch die, die sonst niemand rauchte, wie Mentholzigaretten. Dieser Notstand hielt wochenlang an und auf seinem Höhepunkt gab es Abende, an denen es einfacher gewesen wäre, zehn Gramm Heroin oder eine Pistole zu kaufen als eine Schachtel Camel. Eine ideale Marketingstrategie für Schmuggler, die ihr Glück angesichts dieses Geschenks vom Staat kaum fassen konnten und den Lieferengpass geschickt zu nutzen wussten. Es war auch eine Art Spiel, eine Schnitzeljagd, geworden, und bei der Suche nach Rauchwaren bildeten Rocco und ich ein eingeschworenes Team. Die Nächte waren kalt und während wir zum zigsten Mal über den Bahnhofsvorplatz liefen, suchte

Pia Schutz unter dem Vordach einer der vielen Bushaltestellen und weigerte sich genervt, uns weiter zu folgen, die Hände tief in die Taschen ihres knöchellangen Wollmantels gesteckt. «Wie könnt ihr euch derart zum *Sklaven* von diesem Zeug machen?» Doch als uns schließlich ein Ukrainer über den Weg lief, der uns zu einem Wucherpreis eine Schachtel MS anbot, verzieh sie uns wieder gut gelaunt unser Laster und begann mit ihm ein langes, melodiöses Gespräch über Gogol.

Unerklärlicherweise wird fotografieren gern mit «verewigen» assoziiert, dabei hinkt dieser Vergleich, denn nichts erinnert uns mehr an unsere Vergänglichkeit und Nichtigkeit als ein Foto, das stets auf die eine oder andere Weise dem Moment und der Gegenwart verhaftet bleibt. Wie der Engel mit dem Flammenschwert (der Wütendste und Unnachgiebigste der Engel) verwehrt uns die Zeit jede Rückkehr in jenes irdische Paradies, das wir auf den Fotos sehen, und verwandelt so jede Geste und jede Präsenz in das Bild eines unaufhaltsamen Niedergangs. Andererseits kann jener Augenblick, den das Foto festhält, die Essenz eines Menschen, seinen Charakter, sichtbar machen. Noch in den schwierigsten und verzweifeltsten Momenten verspürte Pia ein tiefes Bedürfnis, sich um sämtliche Lebewesen zu kümmern und sie zu beschützen – seien es nun Menschen, Tiere oder Pflanzen. Und diese Geste der über mich gehaltenen Hand ist für sie genauso selbstverständlich wie Atmung oder Herzschlag und weniger eine bewusste Entscheidung. Nur so, möchte ich noch hinzufügen, wenn eine gute Tat einem geradezu *entfährt*, ohne dass man darüber nachdenkt, schwebt die Hand genau im richtigen Moment schützend über dem Haupt des Nächsten und bewahrt ihn vor Unheil. Im Vergleich zu diesem moralischen Instinkt schwingt beim bewusst Gutestun immer das Klimpern von Falschgeld mit. Damit will ich keinesfalls behaupten, dass Pia eine Heilige war. Als ihre Stunde kam, mobilisierte sie enorme Reserven an Weisheit und Willenskraft, schlug sich wacker im Kampf gegen die Krankheit. Aber nicht einmal das macht jemanden zum Heiligen. Wenn überhaupt, war sie eine starke Persönlichkeit mit einer schnellen Auffassungsgabe und eine hochsensible Person, die sich leicht Illusionen hingab und schnell verärgert war. Wie für eine Collage habe ich Erinnerungen derer, die Pia in jungen Jahren kannten, gesammelt und zusammengetragen. «So wie sie sich kleidete und lächelte, kam sie mir vor wie eine sympathische junge Engländerin» (Francesco M. Cataluccio). «Eine Frau um die dreißig, übermütig und unbeholfen, brillant und unerträglich, unangepasst und großzügig» (Stefano Velotti). «Als ich Pia Pera kennenlernte, war sie eine vorwitzige und launische Frau. Exzessiv in ihrer Art zu denken, zu reden, zu lachen und Freundschaften zu schließen» (Edoardo Albinati). Im Grunde habe ich sie genauso in Erinnerung, vielleicht noch als einen Hauch liebevoller und widersprüchlicher. Abgesehen davon lassen sich Menschen nicht auf ihre Launen reduzieren, es gibt Wesenszüge, die alle gleichermaßen wahrnehmen. Pia war zweifelsohne «vorwitzig», wie Albinati sagt. Aber sie war auch definitiv schüchtern. Wie kann es sein, dass so viele gegensätzliche und nicht zueinander passende Dinge in uns stecken, ganz so, als wären wir alte Schubladen, in denen sich so viel angesammelt hat, dass es wild durcheinander fliegt? Die Pia, an die sich die meisten auch dank ihrer wunderbaren Bücher erinnern, die gereifte und schließlich erkrankte Pia, hat sich einen derartigen inneren Entrümpelungs- und Reinigungsprozess verordnet, dass man fast versucht ist zu sagen, die Herausforderungen des Lebens würden einen zu einem besseren und stärkeren Menschen machen. Daran glaube ich nicht; niemals würde ich behaupten, dass ein Schmerz oder eine Krankheit zu irgendetwas nütze ist, das ist lediglich ein falscher Trost – mal ganz abgesehen davon, dass ich liebend gern auf diese berüchtigten positiven Seiten des Schmerzes verzichten würde. Wir sind nicht dazu geboren, weise zu werden, sondern dazu auszuhalten, auszuweichen, einer Welt, die nicht für uns gemacht ist, einen Funken Freude abzutrotzen. Pia war gut darin, gute Miene zum bösen Spiel zu machen, ich bin nie wieder einem so tapferen Menschen begegnet, dennoch bin ich mir sicher, dass sie meine Auffassung geteilt hat. Insofern erinnere ich mich gern an sie zurück, als alles erst noch bevorstand, erst noch Gestalt annehmen musste. An die Zeit ihrer Vorwitzigkeit, ihrer schüchternen Vorwitzigkeit. Wenn es stimmt, dass die Wahrnehmung des Raums von der Zeit bestimmt wird, die man braucht, um eine Strecke von A nach B zurückzulegen, waren Mailand und Rom Ende der Achtzigerjahre deutlich weiter voneinander entfernt als heute. Die Fernverkehrszüge nannten sich noch «Schnellzüge», und selbst als die «Intercitys» aufkamen, musste man immer noch mehr als sechs Stunden Fahrt auf sich nehmen. Nach heutigen Maßstäben war es so, als wäre Pia an jenem Abend, an dem das Foto entstand, aus Zürich oder Frankfurt zu uns gekommen. Oft war sie aus beruflichen Gründen als Übersetzerin und russische Literaturwissenschaftlerin in Rom oder im Zusammenhang mit der Sowjetunion, diesem grotesken Reich mit seinen Bürokraten, Militärs, Spionen und Geschäftemachern, das damals gerade zerfiel. Für die dortigen Schriftsteller und Künstler war es auch schon vor 89 ein wenig leichter geworden, zu einer Buchvorstellung oder Tagung für ein paar Tage nach Italien zu kommen. Deshalb begleitete Pia oft Russen, die sich die Sehenswürdigkeiten Roms anschauten, und genoss sie selbst von ganzem Herzen. Ich erinnere mich vage an einen Ausflug nach Celio mit Wiktor Jerofejew (nicht zu verwechseln mit dem bedeutenderen Wenedikt), von dem Pia *Die Moskauer Schönheit* übersetzt hatte. Doch die Bekanntschaften und Freundschaften, die Pia während ihrer Studienjahre in Russland geschlossen hatte, stammten nicht nur aus Schriftsteller- und Intellektuellenkreisen. Einmal quartierte sie eine Art geistesgestörte Mystikerin bei mir ein, eine bildschöne junge Frau, an der alles glänzte wie bei einer Matroschka aus bemaltem Holz, selbst die Augen, so als stünde sie entweder kurz vor dem Weinen oder habe eben erst geweint. Pia hat mich damals sogar ermutigt, mich an sie ranzumachen, sollte sich denn eine Gelegenheit dazu ergeben und die richtige Stimmung aufkommen. Kaum war die junge Frau eingetroffen (sie hieß Lina, Lena oder Lana), schloss sich dieses befremdliche Wesen in dem Zimmer ein, das ich für sie vorbereitet hatte, und kam erst heraus, nachdem sie diverse Ikonen in verschiedenen Größen am Kopfende ihres Bettes platziert hatte. Sie sprach so gebrochen Englisch, dass das Gespräch nur schleppend vorankam. Warum sie nach Rom gekommen war? Wie sich herausstellte, wollte sie die Katakomben besuchen. Und tatsächlich sind wir, Pia und ich, eines Morgens mit ihr in die Katakomben der Priscilla unweit der Via Salaria gegangen, in deren Nähe sich heute eine vielbefahrene Kreuzung befindet und in den Anfängen des Christentums eine einsame Höhle war. Wir dürften unzählige Grabnischen in den Tuffsteinwänden bewundert haben, altehrwürdige Symbole für die Seele und die Erlösung (Schiffe, Fische, Schlüssel ...) in blassen Farben sowie andere Details. Unsere Besucherin sonderte sich ständig ab, so als würde nur sie im Halbdunkel eine verborgene Präsenz spüren, die sich weniger mystischen, profaneren Blicken entzog. Fast unmerklich die Lippen bewegend, murmelte sie irgendeine Beschwörungsformel oder ein Gebet vor sich hin, wobei ich nicht weiß, an wen sie sich richtete, an die fromme Seele eines christlichen Märtyrers oder an den Staub der Zeit. Die anderen Hypogäen besuchte sie glücklicherweise allein, bewaffnet mit einer Liste, die sie in Russland zusammengestellt hatte. Ansonsten blieb sie auf ihrem Zimmer und saß einsam und reglos auf der Bettkante. Vielleicht eine Art mystische Übung? Oder reine Idiotie? Wer weiß, das ist immer schwer zu unterscheiden. Genau wie bei Dostojewski … Eines Morgens ging ich aus Versehen ins Bad, als sie gerade aus der Dusche kam. Während ich mich entschuldigte, kam ich nicht umhin, ihren perfekten Körper zu bewundern, doch die völlige Ausdruckslosigkeit ihrer grauen Augen machte jedes Verlangen, jeden Hintergedanken unmöglich. Ihre Beine waren dermaßen behaart, dass sie den Eindruck eines fantastischen Fabelwesens machte, einer tropfnassen Chimäre, halb Frau, halb Ziege, aus den Wäldern des Kaukasus. Als ich Pia anvertraute, welche Beklemmungen mir meine Mitbewohnerin machte, ermahnte sie mich, noch ein paar Tage durchzuhalten. Nicht einmal sie konnte sich erklären, was sie an dieser jungen Frau so faszinierte, der Nichte eines berühmten Theosophen und Spiritisten, der vom Sowjetregime verfolgt wurde. Eine Art russischer Faschist, wenn ich mich recht erinnere, dessen unsägliche Nichte nun versuchte, dessen esoterische Lehren zu neuem Leben zu erwecken.

Die Katakomben-Forscherin ist nur ein Beispiel aus einer ganzen Sammlung schwieriger Fälle. Neugierige, aufgeschlossene Menschen wie Pia zeichnen sich oft durch unvorhersehbare Bindungen und Freundschaften aus. Man könnte sagen, dass sie sich auf jeden Fall von Authentizität angezogen fühlte, aber abgesehen davon, dass jeder etwas anderes darunter versteht, muss man hinzufügen, dass sie sich in Liebesdingen auch von authentisch gefährlichen Subjekten angezogen fühlte – entweder weil diese schwach oder Arschlöcher waren oder aus anderen Gründen, wodurch sie für Pia zum Zeitpunkt der bitteren Abrechnung allesamt in die Kategorie «Schuft» fielen. Unzählige Menschen eint das Schicksal dahingehend, dass sie mehr Glück aus Freundschaften als aus der Liebe ziehen. Doch leider geben diese Menschen nicht so leicht auf, weil sie wie alle anderen auf dasselbe sentimentale Gesülze hereinfallen und auf den einen «Seelenverwandten» warten, wie uns das von klein auf in Romanen, Liedern und Filmen eingebläut wird. Und so verlieben sie sich in der Annahme, eine höhere Stufe und vollkommene Erfüllung zu erreichen, und verkomplizieren stattdessen das Leben, das sie führen könnten. Außerdem ist zu bedenken, dass man, so wie man homosexuell oder heterosexuell geboren wird, auch ein geborener Sadist oder

Masochist sein kann. Pia, diese bezaubernde «junge Engländerin», die so verführerisch war, dass sie die fehlende Schönheit nie zu vermissen schien, war eine eingefleischte Masochistin, ein freiwilliges Opfer, das man leicht quälen konnte. Mir steht noch immer das Foto vor Augen, das ich von Rocco und Pia gemacht habe und das zeigt, wie sie in den Schallplatten stöbern. Roccos Charakter, seine Veranlagung, war das genaue Gegenteil von Pia, nämlich sadistisch. Aber gerade weil sie unterschiedliche und unvereinbare Obsessionen pflegten, verband sie bis zuletzt eine aufrichtige, wunderbare Freundschaft, wie sooft, wenn sich Eros, der berüchtigte Müßiggänger, heraushält. Fest steht, dass sich Pias gesamtes Liebesleben aus dem denkwürdigen Anfang ihres letzten Buches herauslesen lässt (Kursivschreibung von mir): «An einem Junitag vor einigen Jahren bemerkte der Mann, der *behauptete mich zu lieben, in vorwurfsvollem Ton,* dass ich hinkte.» Dies war der erste Vorbote von Amyotropher Lateralsklerose (ALS), von diesem unerbittlichen Leidensweg, den Pia letztlich ganz allein gehen musste – trotz ihrer Freunde, ihrer Mutter, der Menschen, die an ihren Büchern arbeiteten, und all der anderen, die ihr halfen – nicht zu vergessen Macchia, ihr letzter Hund. Dieser eine Satz und die darin beschriebene Situation, sind grauenhaft. Als Pia anfing leicht zu hinken, war sie ungefähr fünfundfünfzig – ein Alter, in dem man falsche Spielchen und Personen normalerweise längst hinter sich hat. Was zum Henker bedeutet es, wenn man in einem solchen Moment einen Mann an seiner Seite hat, der «behauptet» einen zu lieben, und der sich auch noch daran zu stören scheint, dass man hinkt? Als die große Schriftstellerin, die sie war, schildert Pia hier gleich zu Beginn mit wenigen Worten eine psychologische Grundkonstellation, gibt eine Erklärung für all die Nächte, die sie allein verbracht und auf den Tod gewartet hat, wovon sie in diesem Buch erzählt. Wenn ich sage, dass Pia im Grunde masochistische Neigungen hatte, meine ich damit, dass sie mit ihrem Status Quo zufrieden war, dass offenkundig irgendein Teil von ihr Gefallen an der Gesellschaft ebenjener «Schufte» fand. Aber während Pia Tagebuch über ihr «Finale» führte, in dem sich viele unvergessliche Seiten finden, verlor sie das Interesse an diesem Spiel – nicht etwa weil die Krankheit und das Leid sie zwangsweise von der Person entfremdet hätten, die sie einst gewesen war, sondern weil sie schlichtweg keine Verwendung mehr dafür hatte. Als sie anfing zu hinken, hatte sich Pia in eine unwegsame, ländliche und in vielerlei Hinsicht abgeschiedene Gegend zurückgezogen, wo kein «Schuft» sie je erreichen oder interessieren konnte, und von dort schrieb sie ihren Bericht wie von einer arktischen Forschungsstation aus, wie von einer Bodenstation auf einem fernen Planeten.

Ich stelle ihn mir bei Tagesanbruch vor, im Priesterkolleg der Silvestriner, während er sich in der kleinen Gemeinschaftsküche einen Kaffee macht. Dann zündet er sich die erste von zahlreichen Zigaretten an, setzt sich an den stets aufgeräumten Tisch – ein einziges Buch, ein einziges schwarzes Heft, dazu der Füller. Auch als der Moment kam, sich für das Fach zu entscheiden, dem man viele Jahre widmen würde, nahm Rocco einen erschreckend nüchternen Weg, der zu seinen grauen Rollis passte. Als ich ihn in einem Flur der literaturwissenschaftlichen Fakultät kennenlernte, wie genau, weiß ich nicht mehr, genoss er bereits einen gewissen Ruf als brillanter Kopf, dem eine Zukunft als Wissenschaftler, als Intellektueller, gewiss war. Er hatte sich in hochkomplexe Literaturtheorien eingearbeitet, besser gesagt in die semiotische Textanalyse bzw. Literatursemiotik. Heute kann man sich kaum noch vorstellen, welches Ansehen diese strukturalistische Philosophie bei jungen Leuten genoss. Sie gab sich als endgültige Emanzipation des menschlichen Geistes vom finsteren Zeitalter des Empirismus und der Wahrheitsannäherung aus (so als würde sich der menschliche Geist, wenn er denn die Wahl hat, nicht ausgerechnet Finsternis und Irrtümern hingeben, als würde er nicht in Wahrheitsannäherungen schwelgen!). Schon bald beherrschte Rocco die heiligen Schriften: Propps *Morphologie des Märchens* mit der Einleitung von Lévi-Strauss, Jakobsons *Form und Sinn*, Greimas' *Strukturale Semantik* ... Noch bevor er sein Studium abschloss, schrieb er Artikel und kurze Essays für die radikalsten Zeitschriften zu diesen Themen – wichtige Zeitschriften wie *Alfabeta* und *Strumenti Critici*. Aus seiner Abschlussarbeit über die semiotische Analyse von Mythos und Roman machte Rocco sein erstes Buch. Diesen schmalen Band in einem so spartanischen Design, das er unfreiwillig elegant wirkt, besitze ich heute noch. Er heißt *Mito/romanzo* – so als wäre bereits ein simples «und» wie in *Mito e romanzo* ein Zugeständnis, eine Frivolität, ein Abweichen vom eisernen Vorsatz, diese turbulente Materie, die Mythen und Romane nun mal sind, in eine mathematische Ordnung zu zwingen. Nicht einmal sein Professor, der ihn, was deutlich sinnvoller gewesen wäre, nach Catania schicken wollte, damit er zu Giovanni Vergas Manuskripten forscht, hatte ihn von diesem Streben nach reinem Erkenntnisgewinn ohne einen Hauch von Menschlichkeit, ohne jede Subjektivität, abbringen können. Aus meiner Sicht waren all diese Bemühungen eindeutig was für Geisteskranke. Ich konnte einfach nicht verstehen (und kann es offen gestanden bis heute nicht), wozu diese Fachsprache gut sein soll, diese Besessenheit von Abstraktion und Klassifikation, dieses Zerlegen von Spielzeug, das sogar noch in kaputtem Zustand perfekt funktioniert. Die großen Meister wie die vorhin von mir erwähnten Propp und Jakobson waren Genies, das bestreitet auch gar niemand, aber in den Händen ihrer Nachahmer wurde die Sache absurd, unfreiwillig komisch. Was diesen Ergüssen meiner Meinung nach noch am nächsten kam, war der Stil, in dem die Roten Brigaden ihre Flugblätter abfassten. Genau wie bei den Kämpfern der berüchtigten Terrororganisation gab es bei den Semiotikern und Strukturalisten immer mehr Aussteiger: Roland Barthes war der berühmteste Abtrünnige, seine fantastischen letzten Bücher schrieb er über die Liebe und über seine Mutter – zum Teufel mit den Schemata und Diagrammen, mit dem «Tod des Autors» und dergleichen mehr. Aber unterm Strich besaß das Ideal oder die Chimäre einer «Literaturwissenschaft» immer noch Gültigkeit, als Rocco studierte. Mein völliges Unverständnis für diese programmatische Trockenheit war Gegenstand endloser Frotzeleien zwischen uns. «Was bringt dir dieses Zeug?» – «Es ist *wichtig*.» – «Wichtig für wen, wozu?» – «Für das Verständnis.» – «Aber was willst du denn verstehen?» und so weiter und so fort. Zeit zum Reden bei einem Bier oder beim Warten darauf, dass der Film begann, hatten wir mehr als genug. Wir gingen jeden Abend weg, schauten bei Freunden und an öffentlichen Treffpunkten an beiden Tiberufern vorbei, und obwohl es damals noch keine Handys gab, war es leicht, sich früher oder später irgendwo zu begegnen. Die Erinnerung zerfällt in zahlreiche Bilder, so als hätte man Fotos aus einer Schublade auf den Tisch gekippt: Ich sehe Rocco in einem dunklen Lodenmantel auf einem Konzert von den Tuxedomoon, bei der Premiere eines Theaterstücks von Carmelo Bene, das ihm sehr gefiel (*Hommelette te For Hamlet*), auf einer Drogenparty in einer Villa außerhalb von Rom, veranstaltet von irgendwelchen Hippies, die wir kennengelernt hatten. Auf einer Ausstellung mit Stichen von Rembrandt betrachten wir die kleinsten Details mit einer am Eingang zur Verfügung gestellten Lupe. Ich helfe ihm, einen zusammengerollten Teppich, den er auf einer Marokkoreise erworben hat, von der Reinigung nach Hause zu transportieren, es ist ein Abend im Herbst und wir nehmen die Via Flaminia. Wir betrinken uns mit Campari in einer alten Bar an der Piazza della Pigna, deren Namen (*Gelocremeria*) und Neonschriftzug er sehr mochte.

Während wir eines Nachmittags im Frühling 1987, als sich Nachrichten noch langsam und von Mund zu Mund verbreiten, am Tisch einer anderen Bar vor der Porta Pia sitzen, erzählt uns ein zufällig getroffener Freund, dass sich Primo Levi umgebracht hat. Ein paar Jahrzehnte später ruft mich Rocco an, um mir zu sagen, dass sich Arturo Patten, unser großer Freund und Lehrmeister fürs Leben, in einem Hotel in Agrigent erhängt hat. Auf zahllosen Bildern, die sich in der Erinnerung überlagern, sehe ich ihn in irgendeiner Ecke des riesigen Fotostudios von Marco Delogu in Trastevere, in dem wir jede Menge Nachmittage und Abende verbracht haben. Mit Marco bildeten wir ein festes Trio. Er war der Einzige von uns, der es schon sehr früh geschafft hatte. In seinem Studio in der Via Natale del Grande posierten Moana Pozzi und Werner Herzog, um nur zwei Beispiele zu nennen. Wie so oft in meinem Leben war ich derjenige, der Marco und Rocco zusammenbrachte, woraus sich dann allerdings eine stürmische und in gewisser Weise exklusive Zweierfreundschaft entwickelte: vermutlich die wichtigste in ihrem jeweiligen Leben. Weitere, sich eng aneinanderreihende Erinnerungen zeigen mir Rocco in Kalabrien, im Heimatdorf meiner Eltern, das er gern einfach so oder auf der Durchreise von Rom nach Reggio besuchte, im Sommer oder an den Weihnachts-

und Osterfeiertagen. Dort war er allseits beliebt, spielte mit meinem Onkel und dessen Freunden Karten, unterhielt sich mit meiner Oma über alte Rezepte und forderte die besten Spieler des ganzen Orts zum Billard heraus.

Es fällt mir kein bisschen schwer, auf all diesen mentalen Bildern Gelächter, Freude, Neugier zu entdecken. Eine einzelne Erinnerung kann durchaus so sorglos und fröhlich sein wie ein Gänseblümchen, das zwischen zwei Frostperioden aufblüht. Fest steht, dass Rocco jemand war, dem es auch gut gehen konnte – sogar besser als vielen seiner Leidensgenossen. Er brannte mit einer gefährlichen Intensität, so als besäße er eine kürzere Zündschnur als andere, eben weil seine Fähigkeit zu genießen genauso ausgeprägt war wie die zu leiden. Schließlich wurde eine bipolare Störung bei ihm diagnostiziert. Obwohl ich absolut keine Ahnung von Psychiatrie habe, klingt das für mich nachvollziehbar. Auf seiner Achterbahn der Gefühle ging es in rascher Folge schwindelerregend steil bergab und dann wieder genauso steil bergauf. Ich bin nach wie vor fest davon überzeugt, dass so ein wissenschaftliches Etikett nur bis zu einem gewissen Punkt Gültigkeit besitzt, an dem das Individuum, eben weil es ein Individuum ist, von diesem Kurs abweicht. Und von da an, hinter dieser Kurve, kann man ihm begrifflich einfach nicht mehr folgen. *Da ist immer etwas Abwesendes, das mich quält,* sagte Camille Claudel, Rodins Schülerin, die chronisch nervenkrank war. *Quelque chose d'absent.* Nennen wir es so. Vielleicht gehören diese Dinge zum Leben eines jeden Menschen – nur dass das manchen mehr auffällt und manchen weniger. Sollte dem so sein, müsste das Glück bis zu einem gewissen Grad aus schwindender Selbstwahrnehmung bestehen. Von wegen Selbstfürsorge! Je weniger du dich selbst kennst, desto besser geht es dir. Was ich Rocco in all den Jahren unserer Freundschaft immer gewünscht habe, ist ein winziges bisschen mehr Ahnungslosigkeit. Aber das ist nun wirklich eine Form von Weisheit, die ihm völlig fremd war. Stattdessen tat er das, was Menschen normalerweise tun: Er wehrte sich. Und gab sich nicht damit zufrieden, irgendwie zurechtzukommen, er wünschte sich ein Leben, das es wert ist, gelebt zu werden, sinnhaft und voller Freude. Nach seinem Studienabschluss zog er nach Monti, ein Viertel, das bis heute einigermaßen verrufen ist, weshalb es dort noch bezahlbare Wohnungen gibt – noch so ein Ort, an dem es gewiss nicht an «Spinnweben» der Zeit mangelt. Dort lebte er lange zwischen der Via Baccina und einer Dachwohnung in der Via del

Boschetto, wo die Wände so schräg waren, dass sich alle Freunde früher oder später wenigstens einmal furchtbar den Kopf an einem der riesigen, knorrigen Balken stießen, als wäre das ein Initiationsritual irgendeiner Bruderschaft. Eine Laufbahn als Wissenschaftler, der sich mit der Poetik der Prosa beschäftigt, als Semiotiker, als Professor, schien vorgezeichnet. Er bekam eine Lehrerzulassung (ich hatte ihn mithilfe eines alten Atlas in Geografie abgefragt) und anschließend die Möglichkeit, in Paris zu promovieren, was ihm die Chance gegeben hätte, noch jahrelang weiterzuforschen. Alles keine einfachen Aufgaben, aber Rocco schien wie dafür gemacht zu sein, und wenn er nur gewollt hätte, hätte er es zweifellos geschafft. Doch in Wahrheit wollte er nicht. Wie ich schon immer vermutet hatte, hatte all diese Forschung nicht wirklich etwas mit ihm zu tun. Nachdem er seine ganze Energie darauf verwandt hatte, sich all das Wissen anzueignen, stellte er fest, dass es ihm völlig egal war: die Erzählstrukturen genauso wie ein Lehrstuhl. Wir haben natürlich viel über diesen Sinneswandel gesprochen – während wir die Via dei Serpenti auf und ab liefen, am Telefon, in den Zigarettenpausen vor dem Eingang zur Nationalbibliothek, auf unseren Autofahrten nach Kalabrien. Er hatte erkannt, dass ihn schon die bloße Vorstellung von einem Leben als Wissenschaftler in tiefe Verzweiflung stürzte. Die scheinheilige, hierarchische, um nicht zu sagen speichelleckerische akademische Welt war nichts für ihn. Er würde sie nutzen, um ein wenig Zeit in Paris zu verbringen, lustlos eine Doktorarbeit zusammenzuschreiben, wollte aber die Freiheit haben, sich dem zu widmen, was ihn wirklich interessierte. Er hatte schon immer Gedichte geschrieben, kurze, fulminante Strophen aus drei, vier Versen, aber es war die Erzählprosa, die ihn voll und ganz in ihren Bann schlug. Es brachte nichts, einzuwenden, dass viele Universitätsprofessoren eine ruhige Kugel schieben und auf diese Art, wenn sie es denn wollen, so viele Romane schreiben können wie sie möchten: historische, erotische, psychologische, Science-Fiction-Romane. Wer bitteschön hatte schließlich *Der Name der Rose* geschrieben? «Ich suche doch kein Hobby», erwiderte er dann jedes Mal voller Stolz und Selbstvertrauen. Hatte Rocco erst einmal eine Entscheidung getroffen, besiegelte er sie, indem er sämtliche Brücken hinter sich abbrach. Er wollte ganz bewusst ein Spieler sein, der alles auf eine Karte setzt. Er folgte nur Berufungen, die das Zeug hatten, ihn vollkommen zu vereinnahmen. Hatte er einen bestimmten Weg eingeschlagen, tat er alles dafür, nie wieder zu der Abzweigung zurückkehren zu müssen. So gründlich wie er sich diese abstrakten Konzepte und Definitionen der Linguistik und Semiotik eingeprägt hatte, so programmatisch streng und hartnäckig schrieb er seinen ersten Roman. Aus meiner Sicht zog Rocco aus dieser tagtäglichen Aufgabe, an die er heranging wie jemand, der Steine klopft, keinerlei Trost oder Befriedigung. Und das scheint mir der entscheidende Kern der Geschichte zu sein, die ich hier erzähle: Vom ersten Buch an und die ganzen fünfzehn Jahre danach hat Rocco bis zum Tag seines Todes akribisch und stur eine Art *Buße* geleistet, die darin bestand, Romane zu schreiben. So als triebe er einen Tunnel in einen Berg aus Schmerz und Trostlosigkeit. Aber in der damit einhergehenden Vorstellung, dass er, käme er erst einmal auf der anderen Seite heraus, dasselbe vorfände wie am Ausgangsort. Der berühmte Titel *Die Lust am Text* ist so weit wie nur irgend möglich von Rocco entfernt. Zugegeben, wenn man schreibt und jeden verdammten Tag damit verbringt, in die Tasten zu hauen, so lange nach Wörtern zu suchen, bis man die richtigen gefunden hat, und den Sirenen der Entmutigung zu widerstehen, muss man schon ein Minimum an Elan aufbringen können. Und Rocco war da bestimmt keine Ausnahme. Er hatte sich ein Pensum von zwei Seiten am Tag auferlegt und sprach darüber, als hätte er eine unfehlbare Methode, die

Zauberformel schlechthin, entdeckt. Aber es war, als würde er, während er das Bild einer dunklen, fatalistischen Welt ohne jede Erlösung zeichnete, selbst in sie hineingesogen – oder besser gesagt, als würde diese kalte, trostlose Welt irgendwann aus dem Computerbildschirm quellen und die andere Seite des Spiegels in ein graues, eintöniges Licht tauchen, Rocco ihren eigenen unerbittlichen Gesetzen unterwerfen, so als wäre er ein leichtsinniger Demiurg, der von der Materie, die er zu formen und beherrschen glaubt, überwältigt und erdrückt wird.

Nie war er zufrieden, mit rein gar nichts. In der gesamten Weltgeschichte der Literatur ist schwerlich jemand denkbar, der jeden Arbeitsaspekt dermaßen in den falschen Hals bekam wie Rocco – angefangen von der Covergestaltung bis zum Verkauf, von der Qualität der Rezensionen bis zu den Verlagsbeziehungen. Genau wie die Liebe (ein Punkt, auf den wir unbedingt noch zurückkommen müssen), stimulierte auch das Schreiben zwei der gefährlichsten, destruktivsten Talente Roccos: die Kunst, sich wegen nichts das Leben schwer zu machen und die, von seinen Mitmenschen enttäuscht zu sein. Etwas, das Cesare Garboli, damals für uns eine Art Guru und launischer

Förderer, schnell erkannt hatte. Während einiger denkwürdiger Szenen riet er ihm eindringlich davon ab, sich auf ein Leben als Romanschriftsteller zu versteifen, das seiner Meinung nach einfach nichts für ihn war («Rocco, du solltest in einer Zelle leben wie ein Mönch, in Gesellschaft von alten Büchern und einer Katze, um die du dich kümmern kannst!!! *Das ist nichts für dich!!!*»). Von außen betrachtet, wirkt seine literarische Karriere jedoch überhaupt nicht so wie die eines unverstandenen Außenseiters. *Agosto* (zu Dt. «August»), sein erster Roman, erschien 1993 nach einer kurzen verlagslosen Vorhölle, die ihn natürlich nervös machte und frustrierte, bei Theoria. Der von Paolo Repetti und Beniamino Vignola geführte Verlag mochte zwar klein sein, hatte aber einige der wichtigsten Debüts jener Jahre entdeckt und entsprechend lanciert – angefangen von Marco Lodoli über Sandro Veronesi, Giulio Mozzi, Sandro Onofri bis hin zu Sandra Petrignani und vielen anderen mehr. Rocco hatte gerade die *shadow line* der Dreißig passiert, und wie bereits erwähnt, betrachtete er die Veröffentlichung dieses Buches als eine Art *Point of no return*. «In jedem Anfang liegt die Ewigkeit», hat ein großer Dichter gesagt. Und *Agosto* enthält trotz seiner Kürze bereits alles, was er danach noch schreiben sollte: den Tonfall, den Stil, die narrative Struktur. Ich zitiere die ersten Worte, weil sie auf mich wirken wie ein künstlerisches Selbstporträt und gleichzeitig wie ein Horoskop. «Das Licht ist bis in jeden Winkel vorgedrungen, es löscht die Schatten aus und lässt alles eintönig erscheinen.» Als ich mit diesem Erinnerungsporträt begann, habe ich auf die Kohärenz und Ähnlichkeit zwischen Roccos Charaktereigenschaften, Vorlieben und Gewohnheiten verwiesen. Aber diese Liste wäre nicht vollständig, wenn ich sie nicht um seine Art des Schreibens ergänzen würde, das so langsam und gleichmäßig voranschritt wie die Zeit in einem Warteraum. Doch worauf wurde da gewartet? Die *Eintönigkeit*, die im zuvor zitierten Satz auf das Sommerlicht zurückgeführt wird, ist das Grundprinzip von Roccos Schreiben. Eine unverrückbare Ordnung bestimmt die Struktur dieses Satzes, die jede emotionale Regung, jeden Kontrollverlust ausschließt. Ob die Figuren nun in der Ich-Form erzählen oder Fakten in der dritten Person geschildert werden – die Geschichte *zuckt buchstäblich nicht mit der Wimper,* auch wenn sie sich in unermessliche Abgründe aus Angst und Schmerz, aus Verlusten, Entbehrungen und traurigen Feststellungen vorwagt. Im Gegenteil: Die Herausforderung bleibt immer dieselbe, nämlich dem Chaos, der Macht des Negativen, denjenigen, die ich Furien genannt habe, mit der Gewissheit einer rationalen Kontrolle zu begegnen. Der

Wortschatz ist auf ein Minimum reduziert, jegliche Nachahmung mündlicher Rede ist von vornherein ausgeschlossen. Als Ergebnis unzähliger Streichungen und einer gnadenlosen Struktur ist Roccos Sprache eine absolute *Schrift*sprache, die letztlich kaum mehr mit der brodelnden Realität zu tun hat als das Latein eines Humanisten aus dem 15. Jahrhundert. Ich kann in diesem Zusammenhang bezeugen, welch tiefen Eindruck Giorgio Agambens Einleitung zu einer Neuauflage von Giovanni Pascolis *Fanciullino* auf Rocco gemacht hat, als dieser noch studierte. Ein wunderschöner Essay, in dem der Philosoph ausführlich auf das «Bestreben, eine tote Sprache zu benutzen» eingeht, das sich nicht nur darin zeigt, wie Pascoli das Lateinische, sondern auch und vor allem das Italienische benutzt. Die Abneigung gegen die gesprochene Sprache passt zu einer Strategie, die stets darauf abzielt, die Macht des Irrationalen, Unvorhersehbaren einzudämmen, zu zähmen, abzuwehren. Daraus ergibt sich auch eine Art fortwährende Abstraktion. Rocco wollte nicht mal die Städte benennen, in denen seine Romane spielen. Im Scherz sagte ich ihm manchmal, dass mir die Welt seiner Bücher vorkomme wie Rebus-Zeichnungen in einem Rätselheft. Alle Dinge waren wiedererkennbar, real, traten aber einen Schritt hinter ihre Konkretheit zurück. Wenn es sie gab, dann nur dank dem genauen Überbegriff, der sie bezeichnete. Bewaffnet mit einem unsichtbaren Staubwedel, entfernte Rocco jeden Erfahrungspartikel aus seinen Betrachtungsgegenständen. Es entstand also eine Welt aus Allerweltsbegriffen: Straßen Bäume Kirchen Läden Autos Haushaltsgeräte.

Als jemand, der sich ständig darüber beschwerte, wie wenig er von seinen Zeitgenossen wahrgenommen würde, wurde Rocco von Verlegerseite aus beneidenswert gut behandelt. In mehr oder weniger regelmäßigen Abständen erschienen nach seinem ersten Roman bei Feltrinelli 1996 *Il comando* (zu Dt. «Der Befehl»), 1998 *L'assedio* (zu Dt. «Die Belagerung») und dann bei Mondadori 2002 *L'apparizione* (zu Dt. «Die Erscheinung») und 2005 *Libera i miei nemici* (zu Dt. «Befreie meine Feinde»). Zugegeben, Roccos Enttäuschung war nicht vollkommen unbegründet. Außerdem gibt es in einem Menschenleben keine wirkliche Anerkennung, es genügt, bloß an Frustrationsgründe zu denken, und schon manifestieren sie sich in der Wirklichkeit. Wenn das schon für jeden von uns gilt, dann erst recht für einen Meister in allumfassendem Groll wie er einer war. Rocco merkte sofort, dass seine Bücher keine Erfolgstitel waren.

Aber er begriff nicht, dass seine Texte mit ihrer Askese, ihrer Reserviertheit und mit ihrem Weltschmerz nur etwas für Kenner waren. Ganz so, als betrachtete man sie durch ein umgedrehtes Fernglas, weckten seine Figuren keine anschlussfähigen Gefühle – sprich man konnte sich null damit identifizieren. Wie sollte auch jemand dem Leser zuzwinkern, der nicht einmal Lider zu besitzen schien? Wie immer begann Rocco, der noch nie die hohe Kunst beherrschte, unüberwindbaren Hindernissen auszuweichen, diese flüchtige Erfolgssträhne durch seine Haarspaltereien zu zerpflücken. Darin hatte er berühmte Vorläufer: Leute wie Henry James oder Joseph Conrad empfanden die äußerst geringen Auflagenhöhen und Verkaufszahlen ihrer Romane als beklagenswert – ja sie schämten sich regelrecht dafür. Ein Romanautor ohne Leser, so räsonierten sie, sei wie ein Generalstab ohne Armee. Ich weiß noch, dass wir ganze Wochenenden damit verbrachten, das Problem von allen Seiten zu beleuchten. Das war die Zeit, in der er mit Samantha Traxler verheiratet war, häufig blieb ich mehrere Tage bei ihnen in der fantastischen Villa von Samanthas Familie in Nugola, unweit von Pisa. Eine typische Villa im venezianischen Stil, die wie aus einer kapriziösen, Ariostschen Laune heraus jedoch in der Toskana erbaut worden war, mit riesigen Kaminen und

schaurigen, eingestaubten Jagdtrophäen an den
hohen Wänden, umgeben von einem weitläufigen
Park, in dem jede Menge Damwild lebte. Wenn es
in der Nacht zuvor geregnet hatte, ging Rocco liebend gerne Pilze sammeln, die wir dann abends
aßen – in der Hoffnung, dass er nichts falsch bestimmt hatte. Doch es war immer noch besser,
eine Vergiftung zu riskieren als seine Kompetenz
in Zweifel zu ziehen. Mit einem Weidenkorb am
Arm ging er in den Wald und machte Jagd auf Kai-
serlinge und Steinpilze. Theoretisch könnte man
dies als Roccos *gute Zeiten* bezeichnen. Und zum
Teil, bei bestimmten Anlässen, waren sie das
sicherlich auch. Er liebte Samantha, und zu den
vielen Freunden aus Rom hatten sich die gesellt,
die er in Paris gefunden hatte. Wenn es Sommer
wurde, gab es in Nugola Feste mit Hunderten
Gästen, die bis zum Morgengrauen dauerten. In
der Garage stand ein auf Hochglanz polierter ro-
ter BMW, ein Hochzeitsgeschenk seiner Familie.
In diese Zeit fällt eine neue Roman-Identifikation.
Don Ciccio Ingravallo wurde zu einem Gespenst
aus der Eingewöhnungsphase, die inzwischen der
Vergangenheit angehörte. Jetzt war es Jay Gatsby,
in dem er sich voll und ganz wiedererkannte.
Doch leider sind all diese Spiegel, die einem die Literatur vorhält, genau solche Zerrspiegel wie auf
dem Jahrmarkt, sie lassen uns unglaubwürdig

dürr oder übergewichtig erscheinen, zwingen uns, uns in der Deformation wiederzuerkennen. Und damit meine ich nicht nur Bücher – im gesamten Universum gibt es nichts, was uns wirklich ähnelt, wir ähneln uns nicht einmal selbst, und am Ende ist jede Art von Identifikation nichts weiter als die zufällige Überschneidung flüchtiger Schatten. Aber es stimmt, dass Rocco in Fitzgeralds Helden etwas sah, das ihn nicht gleichgültig lassen konnte. Im *Gatsby* wie bei seinem großen Vorbild, *Martin Eden* von Jack London – noch so ein Buch, das Rocco konsultierte wie eine Bibel –, ist das Thema des Auftauchens aus dem Nichts, des sozialen Aufstiegs dominant und geht nicht nur mit einer Karriere einher (bei Gatsby sind es illegale Aktivitäten, bei Martin Eden literarische), sondern auch mit der (zum Scheitern verurteilten) Beziehung des Helden zu einer Frau aus einer deutlich höheren Schicht. Dieses Schema bzw. die Eroberung einer jungen Frau aus guter Familie, wurde von Rocco sooft wiederholt und bis ins Letzte ausgereizt, dass es mir schwerfällt, diesen Aspekt seiner Lebensgeschichte außen vor zu lassen. Ganz einfach deswegen, weil es kein Zufall sein kann. Er war viel zu sehr Gentleman, um es auch nur im Entferntesten auf materielle Vorteile anzulegen. Dennoch übten das Großbürgertum und in gewissen Fällen sogar der

Adel eine Faszination auf ihn aus, die daher rührte, dass er sich entwurzelt und letztlich als *Emporkömmling* fühlte. Eine Faszination, aus der schnell erotische Anziehung wurde. Er pflegte zu sagen, dass man zwar sein Äußeres ändern, seine Tätowierungen entfernen lassen, Name und Adresse wechseln könne, dass einem die soziale Herkunft aber stets folge wie ein Schatten, wie ein unauslöschliches, verräterisches Mal: das Einzige, woran man die Menschen voneinander unterscheiden könne. Und bei diesen Frauen, die er liebte (und er liebte sie wirklich, auf eine stürmische, besitzergreifende Art) erkannte er immer eine Schwäche, eine durch ihre Privilegien eingeschränkte Wahrnehmung der Wirklichkeit, die er, der sich aus seiner Sicht alles von ganz unten selbst erarbeitet hatte, beheben würde. Wollte man Rocco so richtig auf die Palme bringen, ihn bis ins Mark treffen und provozieren, gelang dies mit dem Hinweis, dass sein Liebesleben diesem katastrophalen Narrativ beeindruckend stringent folgte. Das war Gegenstand so manch heftigen Streits zwischen uns, gefolgt von lang anhaltendem Schmollen und Seitenhieben. Wie so viele seiner Freundinnen gehörte auch ich zu einer Schicht, die Rocco für jemanden, der so intelligent war wie er, mit einer erstaunlichen Naivität zwangsläufig mit einem unbeschwerteren, behüteteren Leben verband. Immer wieder rief ich ihm in Erinnerung, dass auch er nicht in einem eritreischen Flüchtlingslager oder einer brasilianischen Favela aufgewachsen war. Na gut, er hatte sich alles selbst erarbeitet, das stritt auch gar niemand ab; doch er lud Herkunfts- und Bildungsunterschiede, die ich für bloße Nuancen in der großen Bandbreite bürgerlicher Normalität hielt, aus meiner Sicht übertrieben mit Bedeutung auf. Ich bedaure vor allem, dass Rocco bei diesen Stolz- und Missgunst-Anfällen den einzelnen Menschen völlig aus dem Blick verlor – zugunsten soziologischer Abstraktionen, die wie alles, was den Menschen an sich betrifft, plausibel, aber eben auch nur eine ungefähre Annäherung sind. Das Leben jedes Einzelnen als sterbliches Wesen ist gleichermaßen schwierig, und bestimmte Schicksalsbegünstigungen können sich auch als zusätzliches Hindernis oder aber als letztlich völlig irrelevant erweisen. Das Verrückte an diesen Auseinandersetzungen mit Rocco war, dass sie rein gar nichts brachten: Es war unmöglich, ihn von irgendetwas zu überzeugen, und wenn er sich irgendwann genauso dringend wieder vertragen wollte, wie er das Kriegsbeil ausgegraben hatte, konnte ihn keine noch so große dialektische Weisheit wieder davon abbringen. Einmal hatten wir uns einen apokryphen Plato-Dialog namens

Rochus ausgedacht, so was wie *Phaidros* oder *Kratylos*. Darin geht der arme Sokrates mit all seiner berühmten Mäeutik in Sack und Asche nach Hause, besiegt von der schier übermenschlichen Sturheit seines Gesprächspartners. Wie oft Rocco wohl mit mir, mit Marco, mit denjenigen, die ihn geliebt haben, *Frieden geschlossen* hat? Erst viel später, nach einer gewissen Zeit, als es ihn schon längst nicht mehr gab, haben viele von uns begriffen, dass diese Polemiken, diese Sticheleien, diese häufig von Alkohol gespeiste Aggression etwas mit Roccos innersten, wehrlosesten Persönlichkeitsanteilen zu tun hatten, dass das seine Art war, Aufmerksamkeit einzufordern und die Liebe, bei der er sich immer zu kurz gekommen wähnte. Es gelang ihm einfach nicht, stumme Zuneigung, ohne sichtbare Beweise wahrzunehmen. Und wenn der Preis, das zu bekommen, was er so dringend brauchte, darin bestand, den anderen ein schlechtes Gewissen zu machen, dann sollten sie eben ein schlechtes Gewissen haben!

Insofern lässt sich leicht nachvollziehen, dass er, weil er nicht nur sich selbst, sondern auch seine Bücher in diese schwierige und chimärische Gefühlsarena stellte, weit davon entfernt war, sich mit dem zufrieden zu geben, was er mit seiner Literatur erreicht hatte. Hätte es die geringen Verkaufszahlen nicht gegeben oder den von ihm beim ein oder anderen Kritiker wahrgenommenen Hauch von Herablassung, hätte sich seine Schwermut sicherlich anderweitig manifestiert. Wir glauben, dass es Gründe für unsere Schwermut geben muss, ohne zu merken, dass es die Schwermut selbst ist, die uns ständig Gründe vorgaukelt, mit denen sie sich in Wahrheit nur tarnt. Ein Großteil unseres Lebens – hoffentlich nicht das ganze! – verbringen wir mit *scheinbaren Problemen*: mit Liebes-, Schaffens-, Geldproblemen ... An dieser Stelle muss ich, wenn auch nur ungern, etwas offenlegen, das für die Perspektive dieser Geschichte zu wichtig ist, um es zu verschweigen. In seinem großartigen Essay über das Leben des Erzählers und Lyrikers Antonio Delfini schreibt Garboli, dass es in jeder Freundschaft Reue gibt. Wenn dem so ist, dann ist mein Gefühl der Reue so groß wie ein riesiger Berg, der jedes Wort überschattet, das ich jetzt, im Frühling 2019, schreibe, elf Jahre nach Roccos Tod. Ich komme gleich zur Sache: An einem dieser Wochenenden in Nugola, an dem ich vielleicht noch deutlicher wahrnahm als sonst, dass Rocco mir in Wahrheit kaum zuhörte, weil er das dringende Bedürfnis hatte, mir zum x-ten Mal seine Probleme zu schildern, begann ich auf Distanz zu gehen. Es war nie besonders leicht, mit ihm zu kommunizieren, aber nun kam es mir so vor, als interessierte ihn an seinem Gegenüber nur die Aufmerksamkeit, die ihm entgegengebracht wurde – nur dessen *Treue*, um ein typisches Wort aus seinem altmodischen Morallexikon zu verwenden. Es ist schon nicht leicht, gute Ratschläge zu erteilen, aber wenn der Gesprächspartner nur monologisieren will, ist alles zu spät. Also ging ich auf Abstand. Rocco hatte einen sehr engen Freundeskreis, der mit der Zeit zu so etwas wie seiner Familie geworden war. In dieser kleinen Clique wusste jeder über jeden Bescheid, und zwar bis ins kleinste, physische Detail. Wir waren höchstens zwanzig Leute, Männer wie Frauen, verbunden durch ein äußerst enges Beziehungsgeflecht – wie das nun mal so ist, wenn man noch jung ist und jemandem sein Herz ausschütten muss, oder zumindest beinahe. Es wäre sinnlos gewesen, mit Rocco zu brechen, nur weil ich nicht mehr bis zu ihm durchdringen konnte oder weil mich der Erfolg seiner Bücher wie auch der Erfolg von irgendwem sonst, null interessierte; ich halte ihn zwar generell durchaus für erstrebenswert, aber auch für etwas rein Zufälliges, das von vielen unergründlichen Umständen abhängt. Eine grundlegende Vertrautheit zwischen uns blieb bestehen. Aber auch ganz behutsam kann man sich Schritt für Schritt, ohne den Konflikt je anzusprechen, weit voneinander entfernen. Rom eignet sich für so ein Verschwinden besonders gut, was paradoxerweise oft dazu führt, dass man sich dennoch begegnet, weil man dieselben Freunde hat und in denselben Kreisen verkehrt. Gleichzeitig bewirkt irgendetwas, dass zwischen zwei Menschen eine Riesenkluft entsteht. Ich war mir sicher, dass es auch wieder eine Zeit der Annäherung geben würde – wozu es in gewisser Weise auch kam. Aber Rocco stammte nicht aus Rom, außerdem war er viel zu direkt, um mir diese *Auszeit* von ihm durchgehen zu lassen. Er sprach mich mehr als nur einmal darauf an, bedrängte mich, verlangte eine konkrete Antwort von mir. Und ich trieb ihn in den Wahnsinn, indem ich ihm versicherte, dass ich ihn sehr schätzen würde, dass sich die Wege aber eben manchmal trennen, um später wieder zusammenzufinden … Was durchaus stimmte, aber mit so etwas brauchte man ihm gar nicht erst zu kommen. Und genau das war das Problem: Ich konnte ihm nicht erklären, warum ich nicht mehr bis zu ihm durchdrang, an seiner Verzweiflung abrutschte wie an einem glitschigen Felsen. Ich merkte nicht, dass Rocco geradewegs einer Finsternis zustrebte, die schwärzer war als jede zuvor und ihn zu vernichten drohte. Noch nie hatte der Feind, der ihn schon immer gepiesackt hatte, zu einem solchen Angriff ausgeholt, wie er ihm jetzt bevorstand. Und unter diesen Umständen weiterzutrinken, war gar keine gute Idee, sondern so, als würde man seine Feinde regelrecht einladen. Es kam der Moment, in dem die von mir geschaffene (aber nie offen eingestandene) Distanz zwischen Rocco und mir so groß wurde, dass ich nichts mehr von ihm hörte, nur noch ganz vage, indirekt. Nach vergeblichen Klärungsversuchen telefonierten wir nicht einmal mehr miteinander. Und ausgerechnet im Moment der größten Gefahr war ich so weit weg von ihm, dass ich bei dieser Geschichte kurz vorgreifen, den Riss in unserer Beziehung und die von mir verschuldete Kluft überspringen und jenseits davon fortfahren muss.

Aber vorher möchte ich noch einmal auf Pia, «die junge Engländerin», zurückkommen: eine Art Gegenentwurf zu Mary Poppins, die alles andere als pädagogisch und stattdessen mit einer gefährlichen Kombination aus Widersprüchlichkeit und Empfindlichkeit ausgestattet war, die seltsamerweise zu einem liebenswürdigen Charakter verschmolz, der gelegentlich auf rührende Weise ironische oder schelmische Blüten trieb. Wir lernten uns in Frosinone kennen, an einem eiskalten Dezembertag 1987. Dort fand ein Tommaso-Landolfi-Symposium statt, das man klugerweise anders aufgezogen hatte als diese oft so einschläfernden und hochtrabenden Veranstaltungen, bei denen sich eine Reihe von «Experten» vors Mikrofon stellt und endlose Abhandlungen abliest, während dem Publikum nichts anderes übrig bleibt als inständig zu beten, dass die Zeit irgendwie rumgeht, oder sich insgeheim ein Erdbeben oder eine Alien-Invasion herbeizuwünschen, die dieser Tortur ein Ende macht. Stattdessen waren die Organisatoren des Symposiums so schlau gewesen, neben einigen Literaturprofessoren auch abwechslungsreichere Referenten ohne akademischen Titel einzuladen: aufstrebende Talente, die ihre Erzählungen und Gedichte in den damals noch kursierenden Untergrundzeitschriften veröffentlichten. Wie man in dem Buch, das aus dem Symposium hervorging, nachlesen kann, war das so ungewöhnlich lebendig und spontan, dass womöglich sogar der ironische, aristokratische, makellose Geist Landolfis Gefallen daran gefunden hätte. Pias Rolle bestand darin, einen Vortrag über die Übersetzungen aus dem Russischen des großen Meisters zu halten, der länger war als alle anderen. Die wenigen Tage des Symposiums und ein Ausflug zu den gewaltigen Stadtmauern Alatris genügten, um den Grundstein für eine Freundschaft zu legen, die viele Jahre dauern sollte. Man merkte gleich, dass Pia eine schräge Person war, alles andere als konformistisch: ein echtes Juwel in der sozialen Wüste und dem Gefängnis intellektueller Gepflogenheiten. Obwohl sie anspruchsvolle Übersetzungen alter religiöser Texte wie *Das Leben des Erzpriesters Avvakum* anfertigte, machte es ihr beispielsweise Spaß, hemmungslos über Sex zu schreiben – will heißen ohne blumige Umschreibungen, wenn ihre Figuren zur Sache kommen. Wie alle intelligenten Menschen, die sich mit dem altbekannten Problem beschäftigen, Sex glaubwürdig in Worte zu fassen, benutzte sie bei dieser Gelegenheit eher pornografische Begriffe als jene heuchlerische und billige Erotik unzähliger Schmonzetten, die der einzige Ort der Welt sind, an dem Schwänze als «Glieder» und dergleichen beschönigt werden.

Solches Anstandsvokabular, das rein gar nichts mit der gesprochenen Sprache zu tun hat, ist eine der heimtückischsten Formen von Hässlichkeit und Selbstbetrug in der Literatur, und Pia war sich dessen bewusster als die meisten ihrer Kolleginnen. Die Verfechter der Überlegenheit der Erotik gegenüber der Pornografie kolportieren schon seit Jahrhunderten denselben überholten Blödsinn, der durch keinerlei praktische Erfahrung gestützt wird, nämlich die im Vagen gehaltene, indirekte, quasi metonymische Schilderung sei erregender als die Organe und ihre Funktionsweise. Wann ist dem je so gewesen? In welcher Welt leben diese Leute eigentlich? Abgesehen davon, dass die Geschlechtsorgane und ihre Umgebung äußerst reizvoll sind, ist Erotik nichts anderes als eine durch unoriginelle Gemeinplätze verbrämte Zensur. Wenn überhaupt, verkörperte Pia bei ihren ersten literarischen Versuchen eine philosophische Haltung, genauer gesagt eine Lebensphilosophie, die man getrost als freizügig bezeichnen kann. Wir diskutierten oft über solche Themen. Das Problem bei entsprechenden Schilderungen ist, dass die Worte beim Leser ein authentisches, schlüpfriges Erschauern hervorrufen müssen. Indem er sich das, was er liest, vorstellt, lässt er sich in gewisser Weise verführen – und keiner beherrscht diese pikante Suggestivliteratur besser als der

Marquis de Sade. Wenn ich ein pornografisches Bild betrachte, reagiere ich subjektiv darauf, aber das Bild bleibt, was es ist. Erotische Literatur ist da tückischer, weil *ich* es bin, der beim Lesen eine rein verbale Schilderung zum Leben erweckt. Dieses Zusammenspiel ist eine raffinierte und kunstvolle Form der Masturbation. In ihren ersten Erzählungen, die teilweise in das Buch mit dem Titel *Die Schönheit des Esels* eingeflossen sind, wendet Pia gerne bewährte Erzählgriffe an, die immer funktionieren, wie ein fiktives Tagebuch oder ein Briefwechsel, die die Illusion erzeugen, man würde ein intimes Geständnis lesen, das geheim bleiben soll oder an eine bestimmte Person gerichtet ist. Eine dieser Erzählungen, die nicht umsonst den Titel *Brief an Titti* trägt, habe ich noch einmal gelesen. Darin geht es um eine jugendliche Protagonistin, die von ihrer Mutter über die Sommerferien in Mailand zurückgelassen wird, um sich auf die Nachprüfungen vorzubereiten, und sich als Nutte ausgibt, um einen erwachsenen Mann zu verführen, den sie vom Fenster aus beobachtet hat. Das Pikante daran ist nicht nur die lange Sexnacht mit dem Unbekannten (der genau weiß, dass die Protagonistin nicht das ist, wofür sie sich ausgibt), sondern dass die Beziehung zu der Freundin, der sie von dem Abenteuer berichtet, alles andere als unschuldig ist, wie sich am Ende herausstellt.

Sprich, Pia legt nahe, die fiktive Adressatin könnte es erregend finden, den Bericht der Freundin über ihre Eskapaden als angebliche Nutte zu lesen: eine gute Methode, um die Reaktion der eigentlichen Adressaten, nämlich wir, die wir das lesen, vorwegzunehmen. Dank dieses narrativen Tricks gewinnt die Sprache an Deutlichkeit und Präzision – bei solchen Dingen gilt: je schlichter die Sprache, desto effektiver. Ich zitiere gern: «‹Pass auf, das macht Hunderttausend extra›, warne ich ihn, und fange an, ihn zu saugen, zwicke ihn in die Eier, ziehe daran, lecke alles, was außenrum ist». Und weiter: «Während er in meinem Mund kommt, spüre ich, dass ich auch komme. Weißt Du, was es für einen Geschmack hat? Es schmeckt wie bitterer Baumerdbeerhonig, nur die Konsistenz ist anders, etwa so, wie wenn man ein rohes Ei trinkt».

Die Protagonistin in Pias Erzählung ist das, was man eine «Nymphe» nennt. Auch dieser erste Erzählband mit dem herrlichen Titel *Die Schönheit des Esels*, der den beliebten Ausdruck[*] erotisch umdeutet, leidet am «Lolitismus», in dem Pia jahrelang gefangen war – mit Sicherheit eines

[*] (Jemand ist jung und schön, hat aber ansonsten nichts zu bieten, Anm. d. Ü.)

der ambitioniertesten und am schmerzhaftesten gescheiterten Projekte ihrer Jugend: Nabokovs Meisterwerk aus Sicht seiner Protagonistin umzuschreiben. Ich fürchte, in dieser Zeit die undankbare Rolle des «Entmutigers» eingenommen zu haben. Das schließe ich aus gewissen Passagen in Pias Briefen aus jener Zeit, in denen sie mir vorhält, ihr immer nur dann recht zu geben, wenn sie mir von ihrem anderen großen Werk, an dem sie damals arbeitete, erzählte, nämlich an der Übersetzung von Puschkins *Eugen Onegin*, mich aber ansonsten wenig begeistert von ihrer Idee einer Neuerzählung von Nabokovs *Lolita* aus weiblicher Sicht zu zeigen. Meiner Ansicht nach verhält sich die Ehrlichkeit in Literaturfragen, insbesondere wenn es sich um Freunde handelt, direkt proportional zum Fortschritt eines Buches. Bei einem Reinfall, der bereits in der Buchhandlung steht, mit einem hübschen Cover und dem Barcode neben dem Preis – welchen Sinn hätte es da noch einzuschreiten? An diesem Punkt gilt es den Freunden, Ehefrauen oder Geliebten Mut zu machen und sie erst hinterher zu trösten. Über vergossene Milch soll man nicht klagen. Je näher man hingegen am Unvollendeten und Korrigierbaren dran ist, wenn die psychologische Investition noch einen gewissen Erfolg verspricht, kann ungeheuchelte Offenheit sogar die Rettung sein und wird keinen schlimmen Groll hervorrufen. Noch heute glaube ich, dass ich recht hatte: Pias Übersetzung von *Eugen Onegin* ist ein Meisterwerk an Leichtigkeit, Lyrizität und Geschmeidigkeit – eine wahre Hommage an die italienische Sprache und ihre außergewöhnliche mimetische Ausdruckskraft; *Lolitas Tagebuch* (1995 erschienen) enthält einige sehr schöne Passagen, ist kurzweilig und hat interessierten Leserinnen und Lesern nach wie vor etwas zu bieten. Die Zutaten sind alle vorhanden, aber wie der Chefkoch Cracco im TV-Kochduell *Hell's Kitchen* eingeschüchterten Kandidaten gegenüber sagt, hat Pia es nicht vermocht, «das Gericht zu vollenden». Der Grund für meine ablehnende Haltung ist vorwiegend der, dass ein derart konzipierter Roman allen, die Nabokovs Meisterwerk nicht gelesen haben, schleierhaft bleiben dürfte. Auch dass hier Lolitas statt Humberts Perspektive eingenommen wird, kann nur verstehen, wer das Original kennt. Diese *abgeleitete Literatur,* für die es unzählige Beispiele gibt, verlässt sich einfach zu sehr auf die Vorbildung der Leserschaft, was es ihr meines Erachtens unmöglich macht, sich unvoreingenommen auf eine glaubwürdige Schilderung der Welt einzulassen. In einem Brief aus London auf Papier, das mit wunderschönen Profilen Ganeshas und anderer indischer Götter verziert ist, wirft mir Pia vor, übertrieben streng zu sein. Aber noch heute, wenn ich eine Werbung oder Rezension für ein derartiges Buch lese (zuletzt war das die *Ilias,* erzählt aus Sicht der Briseis), frage ich mich, wozu das bitteschön gut sein soll. Zu Pias Ehrenrettung sei noch gesagt, dass sie bei ihrer Schilderung von Lolitas Sicht der Dinge zumindest nicht die absurde Absicht einer simplen «feministischen» Revanche verfolgte, so wie es heute vielfach angesagt ist. Doch die eigentlichen Enttäuschungen in Verbindung mit diesem Buch lagen an äußeren, völlig unvorhergesehenen Umständen. Pia hatte kein bisschen daran gedacht, dass man eine Figur und eine Geschichte, die sich jemand anderes ausgedacht hat, womöglich *nicht so einfach* verwenden darf – solange laut Urhebergesetz noch keine siebzig Jahre seit dem Tod des Autors vergangen sind. Die moderne Kulturindustrie hat die *inventio,* die in der antiken Rhetorik eine eher untergeordnete Rolle spielt, auf betrügerische Weise verherrlicht und den Autor zu einem Erfinder urheberrechtlich geschützter Geschichten gemacht. So kam es, dass Nabokovs Sohn, ein bekannter Opernsänger, nur so schäumte vor Wut. Die amerikanische Ausgabe des Buches wurde konfisziert oder so ähnlich, und es folgten Kontroversen, die durchaus interessant, aber für Pia äußerst unangenehm waren, weil sie gegen ihr ausgeprägtes Gerechtigkeitsempfinden verstießen. Sie sollte eine Diebin sein? Ihrer Ansicht nach hatte Nabokov einen Mythos geschaffen, und Mythen gehören keinem und allen. So wie man niemandem verbieten könne, zu den Amouren von Zeus und Leda zu sagen, was man will, oder zur Gerissenheit von Hermes, argumentierte Pia, so gehöre auch die Geschichte von Humbert und Lolita zum Sagenschatz der Menschheit und dürfe beliebig bearbeitet werden. Von wegen!, antwortete Dimitri Nabokov. Die Beschlagnahmung der amerikanischen Ausgabe erschütterte und verletzte Pia deutlich mehr als ein normaler beruflicher Fehlschlag. Sie ertrug es nicht, auch nur ansatzweise der Unredlichkeit bezichtigt zu werden. Francesco M. Cataluccio zufolge war die Enttäuschung darüber so groß, dass sie daraufhin von der Literatur, besser gesagt von ihrer Autorinnenrolle Abstand nahm und andere Wege einschlug. Theoretisch hatte Pia recht, es sollte mehr Freiheit in diesen Dingen geben, im Grunde hatte ihre große Verehrung für den vermeintlich Bestohlenen sie überhaupt erst auf die Idee gebracht. Sie besaß triftige Argumente, aber Gesetz ist nun mal Gesetz, und das entschied zu ihren Ungunsten. Letztlich wurde ihr ein Vergleich aufgezwungen, den sie zu Recht als demütigend empfand. Und wie immer bei solchen Dingen fühlte sie sich im Stich gelassen, ohne zu begreifen, dass ihr Fall zu jenen gehört, die zwar die unmittelbar Betroffenen erregt, aber zu dem andere wenig beizutragen haben.

Im Winter 2002 bekam ich Roccos soeben erschienenes neues Buch zugeschickt, mit einer Widmung in seiner superordentlichen Handschrift, so zackig wie ein Dolomitengipfel und sehr allgemein gehalten («in Erinnerung an Rocco»). Es hieß *L'apparizione* (zu Dt. «Die Erscheinung») und war in einer sehr eleganten, für Originalausgaben bekannten Taschenbuchreihe namens «Oscar» bei Mondadori herausgekommen. Auf dem Cover prangte ein geheimnisvolles Frauenprofil von Odilon Redon. Ich weiß noch, dass ich das Buch einen ganzen Nachmittag nicht mehr aus der Hand legen konnte, um es dann spätabends auszulesen – in einem Rutsch, wie man so schön sagt. Ich las voller Bewunderung, aber auch voller Bedauern, was Rocco in den Jahren, in denen ich das Weite gesucht hatte, alles hatte durchmachen müssen. Während ich das las, was man mit Fug und Recht als sein Meisterwerk bezeichnen kann, fiel mir die feinjustierte *allegorische* Methode auf, das Hauptmerkmal von Roccos Erzählprosa. Ich sollte ein paar Worte darüber verlieren, weil sie Roccos enorme künstlerische Originalität beweist und der Grund ist, warum ein Buch wie *L'apparizione* es zweifellos verdient hat, seinen Verfasser zu überleben. Um zu verstehen, was ich meine, muss man versuchen zu begreifen, was diese so vage, allgemeine, in Grau gehüllte Welt bedeutet, die Rocco in seinen Büchern stets beschreibt. Auf den ersten Blick handelt es sich um ein ganz normales, heutiges Szenario, das absolut wiedererkennbar ist. Das allgemein gehaltene Vokabular beschwört Gebäude, Autos, Büros, Läden, Wohnungseinrichtungen herauf ... Und inmitten dieser Welt aus üblichen Begriffen, die immer irgendwie nicht ganz greifbar ist, befinden sich natürlich die Figuren, die miteinander interagieren. Erst nach einer Weile merken wir, dass das, was wir da lesen, kein Roman wie so viele andere ist. Denn diese Außenwelt existiert nämlich in Wahrheit nur im Kopf der Figuren, ist ein mentaler Raum, eine Projektion – das, was in der indischen Philosophie Maya genannt wird. Und ja, die Maya ist ein mächtiger Zauber, ein Attribut der Götter. Die Welt täuscht uns, indem sie uns ihre Existenz vorgaukelt – und zwar außerhalb von uns –, und dasselbe tut der Romancier. Aber in Wahrheit geschieht das, was da außerhalb zu geschehen scheint, nur im Innern eines einzigen Bewusstseins. Dieses ist selbst eine Illusion, die nicht aufhört, Illusionen hervorzurufen. Mit anderen Worten: Das Bewusstsein erzählt, und dieser narrative Prozess ist letztlich ein Prozess der Differenzierung. So wie sich das Licht in die Spektralfarben unterteilt, unterteilt sich der mentale Raum in eine Vielzahl von Figuren, die durch Anziehung und Abstoßung eine Art Handlung in Gang bringen. Die Autoren der Spätantike und des Mittelalters hatten sogar einen Fachbegriff für diese illusorische Vielfalt: *psychomachia*. Die typische Psychomachia konnte ein Kampf zwischen Tugenden und Lastern sein: Wollust gegen Keuschheit, Geiz gegen Freigiebigkeit usw. Letztlich ist die Moral dieser Werke, dass all diese Entitäten Anteile einer einzigen psychischen Realität sind, eines einzigen Individuums, die Personifikation seiner Charaktermerkmale und Neigungen. All diese Laster und Tugenden ergeben gemeinsam die eine Seele des Christen, der um Erlösung ringt. Überflüssig zu erwähnen, dass dieses Repräsentationsschema in Roccos Prosa in seiner reinsten Form überlebt hat – und zwar ganz ohne theologischen oder moralischen Überbau. Man braucht unter diesem Aspekt nur *Per il tuo bene* (zu Dt. «Nur zu deinem Besten»), sein posthum erschienenes Buch, zu lesen: Sind dessen zwei Protagonisten mit ihren diametral entgegengesetzten Eigenschaften nicht zwei Hälften ein und derselben Figur, die die Geschichte in einem zermürbenden Wettlauf gegen die Zeit verzweifelt wieder zusammenzufügen versucht?

In allen Büchern Roccos, angefangen bei *Agosto*, meine ich dasselbe Schema zu erkennen. Das Erscheinen des Anderen ist nicht die Epiphanie einer tatsächlichen Andersartigkeit, sondern steht für das Auftauchen eines verborgenen oder verdrängten Anteils des Bewusstseins.

Im Zentrum der Methode der allegorischen Repräsentation steht also der Vorgang der *Personifikation*. Nicht nur die Veranlagungen und Neigungen, die beim Individuum um Vorherrschaft ringen, sondern auch jegliche Art von Emotion, Verstörung, Verlangen können als Person dargestellt werden. Gemäß der klassischen Philosophie darf die literarische und künstlerische Fantasie ein *Akzidens,* also etwas Zufälliges, wie eine *Substanz* behandeln. Nicht umsonst werden die Tugenden in Reliefs und Skulpturen romanischer und gotischer Kirchen als Gruppe schöner Frauen dargestellt, die Laster hingegen als verlotterte, alles andere als schön anzusehende Individuen. Diese dermaßen mit Bedeutung aufgeladenen Figuren ähneln uns, sind aber gleichzeitig mächtiger und perfekter als wir. Auch wenn sie nur einen von vielen Aspekten eines Individuums verkörpern, ist das das Vorrecht der Götter oder der Dämonen. Mit *L'apparizione* hat Rocco die Grenzen seiner

Poetik ausgelotet, indem er der psychischen Störung, die das Leben des Protagonisten aushöhlt, die Gestalt einer stummen, schwer fassbaren Gottheit verleiht. Das, was im Inneren der Psyche entstanden ist, wird als jemand imaginiert, der von außen kommt, sprich *erscheint*. Das ist ein ganz normal wirkender junger Mann im Jogginganzug, der durch ein Landhaus streift und mit einem Dieb verwechselt wird. Dieser junge Mann ist die *Manie*, die dermaßen von seinem Opfer Besitz ergreift, dass er es in den Tod treibt – die Ereignisse überschlagen sich auf tragische Weise und sind irreversibel, sodass nur in der dritten Person davon berichtet werden kann. Die Seiten, die diese Theophanie beschreiben und an denen zermürbend lange gefeilt wurde, kann man getrost als perfekt bezeichnen. Rocco hat sich buchstäblich voll und ganz eingebracht. Dabei handelt es sich *insofern* um eine Schlüsselszene seiner Literatur, als sie die Schlüsselszene seines Lebens war: die unmittelbare Erfahrung dieser Ungeheuerlichkeit, die er trotz ausdauernden Widerstands nicht länger abwehren oder unterdrücken konnte. Lebendige autobiografische Materie also – das lässt sich nicht leugnen. Aber auch Theologie, auf die einzig mögliche Weise, in der die Imagination eines heutigen Menschen sie noch praktizieren kann, nämlich indem sie das

Göttliche und das Pathologische zu einer perfekten, unauflöslichen Einheit verschmelzen lässt. In diesem Zusammenhang möchte ich darauf hinweisen, dass ich keinen Schriftsteller kenne, der die künstlerische Lektion aus einigen berühmten Essays von James Hillman besser umgesetzt hätte als Rocco. Hillman erzählt und interpretiert die griechischen Mythen vor dem Hintergrund von C. G. Jungs Postulat: «Aus Göttern sind Erkrankungen geworden.» Ich kann mich noch gut daran erinnern, dass zu den Büchern, die Rocco stets mit umzog und in seine superordentlichen Regale einsortierte, gewisse Bände von Hillman zählten. Sie waren vom intensiven, wiederholten Lesen ganz zerfleddert. Und als es darum geht, den genauen Moment zu beschreiben, in dem sich die Schlinge des Deliriums um den Hals seines Helden zusammenzieht, erzählt Rocco diese zerstörerische Schicksalsbegegnung ganz selbstverständlich im Gewand einer Gotteserscheinung, indem er aus diesem seltsamen, stummen jungen Mann im Jogginganzug, den man mit einem einfachen Dieb verwechseln könnte, einen Gott macht – oder, wie Hillman sagen würde, einen Gott, der unfähig ist, Rettung zu bringen, einen erkrankten Archetypen.

Die wenigen und unvollständigen Nachrichten, die mich damals zu Rocco erreichten, passten perfekt zur Handlung seines Buches. Genau wie der Protagonist von *L'apparizione* hatte Rocco eine vernichtende manische Krise durchlebt, eine Art anhaltendes Delirium, in dem er sich einbildete, eine Frau zu lieben, die diese eingebildete Liebe mit derselben wahnsinnigen Intensität erwiderte. Seine Ehe mit Samantha hatte dem nicht standgehalten, und er hatte sich ernsthaft in Behandlung begeben müssen, um überleben, weiterarbeiten, sich ein von Grund auf neues, akzeptables Leben aufbauen zu können. Ich hatte *L'apparizione* spätnachts ausgelesen und konnte es kaum erwarten, ihn am nächsten Tag anzurufen und die zwischen unseren Welten entstandene Distanz zu überwinden. Es war schön, auf diese Weise wieder zueinander zu finden, und das Gespräch tat uns beiden gut. Ich erzählte ihm, dass ich beim Lesen Dantes poetische Metapher vom Schiffbrüchigen vor Augen gehabt hatte, der «mit ganz erschöpftem Atem» das Ufer erreicht, um auf das tosende Meer und die nur knapp überwundene Gefahr zurückzublicken. Rocco gefiel dieser Vergleich, penibel wie immer trug er mir genau diese Terzine des ersten Gesangs aus Dantes *Inferno* vor. Neben einem kurzen Satz aus der *Beschreibung Griechenlands* des Pausanias («Für den Menschen ist nur die Verwirklichung der Liebe lebenswert») am Anfang von *L'apparizione* steht ein langes Zitat aus dem ebenso berühmten wie anerkannten DSM, sprich dem *Diagnostic and Statistical Manual of Mental Disorders* der American Psychiatric Association. Dabei handelt es sich um die Definition einer manischen Episode als «andauernde, ausgeprägte Periode ständig gehobener, überschwänglicher oder gereizter Stimmung». Ein Zustand, der häufig mit einer gesteigerten Libido und der Neigung einhergeht, zahlreiche neue Abenteuer zu wagen, ohne die offensichtlichen Risiken oder die Notwendigkeit zu beachten, jedes Abenteuer zufriedenstellend zu beenden. Die Lektüre von *L'apparizione* hatte mich auch deshalb gefreut, weil ich annahm, dass man sich, wenn man in der Lage ist, von so einer Störung, so einer Katastrophe zu erzählen, irgendwie gerettet hat. Etwas weigerte sich, sich voll und ganz mit der Erkrankung zu identifizieren, und diese Weigerung schuf die Voraussetzung für eine Erzählhaltung und damit eine Geschichte. Ich fragte Rocco, ob er das Schreiben des Buches als eine Art *Heilung* erlebt habe. Er meinte, dass er das weniger beim Schreiben gedacht habe, sondern eher jetzt, wo das Buch veröffentlicht sei, wo es ein Produkt mit einem Preis und einem Cover sei, eine Ware, die man kaufen oder verschenken könne. Ihm war bewusst, dass er sich noch nie so weit auf das gefährliche Terrain der Wahrheit vorgewagt hatte. Abgesehen von einigen wenigen Seiten am Anfang und am Ende, die der Romanform geschuldet und weniger interessant sind, besteht der größte Teil des Buches aus einem schonungslosen Bericht über eine *Manie*. Die Verwendung der dritten Person (der Protagonist heißt Iano) lässt die Konturen einer inneren Welt, die in zwanghaften Schüben zerbricht, ohne dass es irgendeine wirksame Abhilfe gäbe, nur umso klarer und deutlicher hervortreten. In der festen Überzeugung einer großen Liebe, die es so nur in Ianos Vorstellung gibt, ruiniert dieser sein gesamtes Leben. So als wäre dessen konkrete Realität nur eine Illusion. So als könnte schon ein einziger Luftzug die hauchdünne Papierwand, die ihn notdürftig vom Wahnsinn trennt, zum Einsturz bringen. Die Beschreibung dieser beängstigenden und unerbittlichen Krankheit ist eine unvergessliche Lektüre und auch künstlerisch herausragend. Rocco wusste, dass diese Erfahrung an und für sich nichts als eine unförmige Masse, eindimensional und ästhetisch irrelevant ist. Sobald man sein wie auch immer geartetes Kap Hoorn schwimmend umrundet hat, fängt die eigentliche Arbeit erst an. In *L'apparizione* beginnt die künstlerische Verarbeitung genau in jenem Moment, in dem die Anatomie des

Wahnsinns einen anderen als den von der Psychiatriesprache vorgesehenen Weg nimmt. Im Vergleich zu Roccos künstlerischen Absichten und Strategien klingt das DSM-Zitat fast schon ironisch. Nicht etwa, weil die Literatur «eleganter» oder «metaphorischer» wäre als die Psychiatrie und auch nicht, weil sich ihr eine größere Authentizität oder mehr Tiefe bescheinigen ließe. Eine halbe Seite einer zweitklassigen Schrift von Freud ist mehr wert als ganze Bibliotheken von Nabelschau-Romanen. Man kann nicht mal behaupten, das sei eine Frage der Kompetenz oder des kulturellen Horizonts. Einen Unterschied gibt es dennoch, und man könnte sagen, dass er einer der wichtigsten Schlüssel zu Roccos Gesamtwerk ist. Die Psychiatrie, die ein Erkenntnismodell ist, hat die Aufgabe, Diagnosen zu stellen und Therapien festzulegen. Um effizient zu sein, muss sie abstrahieren, die Vielzahl der Fälle und Symptome auf bestimmte Konstanten reduzieren und Definitionen entwickeln: Hysterie, Paranoia, Depression, manische Episode ... Die Literatur hingegen bezieht ihre Daseinsberechtigung daraus, dass sie jede Verallgemeinerung ablehnt: Es geht immer um die Geschichte genau *dieser* Person, verhaftet in ihrer Einzigartigkeit, Schöpferin und Gefangene ihrer Besonderheit. Deshalb bleibt der Literatur, wenn sie denn von Krankheit erzählt, nichts anderes übrig, als sie in eine *namenlose Krankheit* zu verwandeln, das einzig würdige Pendant zu den einmaligen Verflechtungen von Schicksal und Charakter, Zufälligkeit und Notwendigkeit, die eine Figur zum Leben erwecken.

Während dieses langen Telefonats zu *L'apparizione* geschah etwas, das ich nie vergessen werde, ohne jedoch in der Lage zu sein, es wirklich deuten zu können. Es war noch Winter und die Sonne ging früh unter. Während ich Roccos Stimme lauschte und zufällig aus dem Fenster sah, fiel mir ein bei Sonnenuntergang mitten in der Luft schwebender kleiner Vogel auf. Einen kurzen, aber entscheidenden Moment lang war ich gerührt, dass er dort reglos verharrte, so wie es heute eine Drohne täte. Er machte zwei letzte Flügelschläge, um dann wie ein Stein vom Himmel zu fallen, als hätte er einen Herzinfarkt bekommen oder wäre vom unsichtbaren Pfeil irgendeines abendlichen, gespenstischen Jägers getroffen worden. Bei so etwas Seltsamem klingen alle Erklärungsversuche gleichermaßen plausibel oder unplausibel, aber nie wirklich überzeugend für den Verstand, der es einfach nur ad acta legen, vergessen möchte. Ich wollte Rocco gerade unterbrechen und ihm von dem seltsamen Vorfall, dem mitten im Flug abgestürzten Vogel, erzählen, behielt die Sache dann aber doch instinktiv für mich. Wenn das eine Vorahnung war, musste sie ja nicht unbedingt

85

Unheil verheißen. Eine plötzliche Eingebung brachte mich dazu, die Szene so zu interpretieren, dass der Vogel eine Art Sündenbock war, der alles erlittene Übel auf sich nimmt und uns dadurch erlaubt, die uns verbleibende Lebenszeit zu genießen. Doch ganz abgesehen von Sündenböcken, die immer schwer auszumachen sind, weiß ich eines ganz genau: Unter den vielen Glücksfällen in meinem Leben ist mit der größte und wertvollste der, Roccos Freundschaft noch für ein paar Jahre zurückgewonnen und genossen zu haben, bis sie uns das Schicksal nicht weniger schnell als diesen kleinen Vogel entriss. Rocco wiedergefunden und ihm auf gewisse, wenn auch nicht immer ideale Weise gezeigt zu haben, wie sehr ich ihn schätzte.

Es gibt eine Form von Weisheit, die darin besteht, abzuwarten, bis die Wahrheit von selbst ans Licht kommt, wie ein Eremit in der Wüste, der sich ungerührt vom Weltenlauf in den eigenen Gewohnheiten eingerichtet hat. Das ist eine Möglichkeit – aber Pia war da ein ganz anderer Typ: eine Kämpferin. Noch während sie sich die Wunden leckte, stieg sie bereits wieder aufs Pferd. Ihre Form von Widerstand oder Selbsterhalt bestand darin, sich umzuorientieren, ihre Kompassnadel nach einem neuen Norden auszurichten. Frei von finanziellen Sorgen, konnte sie mit vielen Kapiteln abschließen, etwa mit dem als Lektorin bei Garzanti oder als Dozentin für russische Literatur. Mit vierzig bewahrte sie sich ihre jugendlichen Flausen im Kopf und eine Experimentierfreudigkeit, die sie als unverzichtbares Kapital ansah. Falls sie ein Selbstbild hatte, war es noch nicht derart ausgeprägt, dass es sie einschränkte. In ihrer Unentschlossenheit war sie mir immer am nächsten. Sie reiste viel, pflegte auch weiterhin ihre Vorliebe für die Absonderlichkeiten der menschlichen Spezies und legte sich bei Gelegenheit weitere Exemplare für ihre Schuft-

Sammlung zu. In einem Brief aus dem Sommer 1995, kurz nach Roccos Hochzeit, beschreibt sie mir einen Abend in einem skurrilen Club in London, den sie in Gesellschaft eines Freundes mit großem Buckel, des Clubbesitzers mit «einer riesigen Clownsnase», und einer seltsamen, stotternden Frau verbrachte. Manchmal, so schreibt sie, komme ich mir vor wie Alice im Wunderland. In einem anderen Brief bedankt sie sich, begeistert von dieser Entdeckung, dass ich ihr mein Exemplar von *Figuren des Begehrens. Das Selbst und der Andere in der fiktionalen Realität* von René Girard geliehen habe, jenes berühmte und geniale Buch über das Begehren als mimetisches Begehren, eben weil es ein anderer bereits begehrt. Sie hatte Girards Buch auf einen Ausflug in einen Wald unweit der Ostsee mitgenommen, in dem sie lauter bezaubernde, märchenhafte violette Schattierungen ausmachte. Ich habe auch einen Zettel wiedergefunden, der einem Päckchen mit einer Dose selbstgebackener Plätzchen beilag, und mit dem sie mich wegen irgendetwas um Verzeihung bittet, auch wenn ich nicht mehr weiß, weswegen. Ich kann mich an keine einzige unfreundliche Geste oder einen Grund für eine Unstimmigkeit erinnern, sodass ich fast vermute, dieser Zettel muss aus Versehen in meinen Unterlagen gelandet sein und die Entschuldigung und die Plätz-

chen galten vielmehr Rocco, der imstande gewesen wäre, sich selbst mit Bambi zu überwerfen.
Im Januar 1996 war derweil ihre Übersetzung von
Eugen Onegin in einer von Vittorio Strada heraus-
gegebenen Reihe bei Marsilio erschienen. In frei-
en Versen von einer außergewöhnlichen Leichtigkeit, die Pias beste Eigenschaften in sich vereinen:
Verschmitztheit, intellektuelle Brillanz und die
Gabe, an genau den richtigen Stellen ein metaphy-
sisches Erschauern hervorzurufen. Menschliche
oder literarische Qualitäten? Da gilt es zu unterscheiden: Große literarische Meisterwerke sind
immer auch *gestaltete Ergüsse*, ganz so, als wäre der
Körper imstande, kristall- oder konfettiförmigen
Schweiß statt der banalen, unförmigen Tropfen
abzusondern. Und wie gesagt, diese Übersetzung
Pias ist, obwohl sie eine möglichst originalge-
treue, präzise Übertragung des Puschkin-Poems
darstellt, ein Meisterwerk der italienischen Sprache. Nicht umsonst hat Edoardo Albinati in einer
legendären – ja, ich möchte fast sagen epischen –
Rezension in der Zeitschrift *Nuovi Argomenti*
(dreißig maschinengeschriebene Seiten!) versucht,
den Charakter der Übersetzerin auf sowohl stilis-
tischer als auch psychologischer Ebene zusam-
menzufassen, falls das überhaupt voneinander zu
trennen ist: «Um *Eugen Onegin* zu übersetzen,
muss man mindestens unbekümmert, hartnäckig,

eitel, kühn, tiefgründig, aufgeweckt, ein wenig gedankenlos und äußerst akribisch sein». Andererseits war Pia derart gedemütigt aus der leidigen *Lolita*-Affäre hervorgegangen, dass sie sich nicht recht über ihre Lorbeeren freuen konnte, auch wenn sie enorm viel kostbare Energie in ihre Arbeit gesteckt hatte. Erst kürzlich, als ich mal wieder meine von unzähligen vollständigen und teilweisen Lektüren zerschlissene Ausgabe zur Hand nahm, fiel mir auf, dass sie mich in einer von diesen Danksagungen erwähnt. Abgesehen von den Russischexperten, die sie bei Fachfragen hinzugezogen haben dürfte, befand ich mich in illustrer Gesellschaft mit eben jenem Edoardo Albinati und Ottiero Ottieri. Womit mag ich ihr geholfen haben? Wenn überhaupt, habe ich hier und da ein Komma oder ein Synonym vorgeschlagen, da ich kein Wort Russisch spreche, womöglich habe ich ihr geholfen, am Rhythmus und an ihrem höllischen Tempo zu feilen. Pias Italienisch verwandelte sich beim Übersetzen in das, was man in der Physik als leitfähiges Material bezeichnet, so sehr war es von der Energie des Originals durchströmt. Das augenfälligste Problem bei der Übersetzung von *Eugen Onegin* ist seit jeher die Erzählstimme, da jede Vermittlung fehlt und der Autor direkt zum Leser spricht, ohne sich hinter einer Maske zu verstecken: Hier spricht

Alexander Puschkin höchstpersönlich, der große Dichter, der uns das Leben seines Freundes Eugen Onegin erzählt. Wer sich an eine Übersetzung wagt, muss sich folglich diesem aufdringlichen Phantom anverwandeln und in der Lage sein, sämtliche Nuancen nachzuempfinden, angefangen vom komischen über den tragischen bis hin zum grotesken, träumerischen, philosophischen Ton … Jedenfalls glaube ich, dass dieser Dank mehr meiner Loyalität als Freund (die ich ihr bei der Neufassung von *Lolita* verweigert hatte) und weniger meinen besonders hilfreichen Ratschlägen geschuldet ist. Ich weiß noch, dass Pia mir Ausdrucke der verschiedenen Kapitel schickte, sobald sie fertig waren – was mich in die Lage versetzte, das Buch so zu lesen wie damals Puschkins Zeitgenossen, denn ursprünglich war es als Fortsetzungsroman erschienen. Dafür verwendete sie dieses matte Endlospapier mit gelochten Randstreifen, und es gelang mir nie, diesen Papierwust zu einem praktischeren Stapel zu sortieren, weil Puschkins Versstrophen regelmäßig auf der perforierten Linie landeten. Ein Detail halte ich in psychologischer Hinsicht für besonders bedeutsam: Pia sagte mir mal, für sie sei die eigentliche «Schlüsselszene» des Buches eine Episode in Kapitel VII, als Tatjana, die noch immer in Eugen Onegin verliebt ist und ihn für brillant hält, in den Büchern seiner Bibliothek blättert und entdeckt, dass er sich sein Dandytum komplett von Byrons Büchern und einigen anderen Schmonzetten abgeschaut hat, «worin die nackte Wirklichkeit [...] sich scharfumrissen widerspiegelt». Eugens Notizen in den Randspalten entlarven ihn als gezierten Nachahmer, der schonungslos als «Phrasenheld, der andern gleicht», gar als «eine Parodie» definiert wird. Tatsächlich halte auch ich diese so plötzliche und schmerzhafte Enttäuschung für das absolute Herzstück dieses großen Romans. Wollte man es mit Pias Liebesvokabular ausdrücken, könnte man sagen: Auch wenn sich Eugen Onegin Tatjana gegenüber wie ein «Schuft» verhalten hat, blieb ihr immerhin der Trost, dass es sich um einen außergewöhnlichen, unerhörten «Schuft» gehandelt hat. Der Bann ist gebrochen, sobald sie entdeckt, dass Eugen Onegin in Wahrheit nichts weiter ist als eine billige Kopie, das stümperhafte Kompendium anderer Leute Laster, aus Büchern abgekupferter Verhaltensweisen, so wie es jede Landpomeranze ebenfalls vermocht hätte. Diese Enthüllung macht Tatjana zu einem freien Menschen, doch das macht es nicht weniger bitter, denn jeder Verlust von Unschuld verstärkt erst recht das trostlose Gefühl, von einer Welt entfremdet zu sein, in der sich unsere Seele irrtümlicherweise geborgen glaubte. Wenn ich die Verse dieses Kapitels heute wieder lese, komme ich nicht umhin, daran zu denken, wie oft und auf welch unvorhersehbare Weise sich Pia in ähnlich enttäuschenden Situationen wiedergefunden haben muss, die umso schmerzhafter waren, da ihr und ihrem sanften, sensiblen Wesen jede aufgesetzte Pose, jede schlechte Imitation zuwider waren.

In seinen letzten Lebensjahren wohnte Rocco in Monteverde Vecchio und unterrichtete im Frauentrakt des Rebibbia-Gefängnisses. Er schloss enge Freundschaften zu Nachbarn in der Via Lorenzo Valla, einer ruhigen, gutbürgerlichen Straße oben auf dem Hügel, wo sich kleine Jugendstilvillen mit Garten harmonisch mit modernen Häusern aus den Dreißigerjahren abwechseln. Ironie des Schicksals: Wenn ich mich recht erinnere, gehörte das ganze Mehrfamilienhaus einer Kapazität auf dem Gebiet der Psychiatrie. Roccos Nachbarn wurden für ihn zu einer Art Ersatzfamilie. Er wohnte im ersten Stock, und die für eine Person nicht eben kleine Wohnung ging auf einen schönen Innenhof, fast schon ein Garten, hinaus. Nachdem wir unsere Freundschaft wieder aufgenommen hatten, machte ich mir rasch ein Bild von der Situation: Rocco hatte einen Weg gefunden, größeren Problemen aus dem Weg zu gehen; Schwermut und Lebensfreude hatten wieder einen akzeptablen Rhythmus aus Systolen und Diastolen. Nach der katastrophalen manischen Episode oder «Erscheinung», wie auch immer man das nennen will, hatte er sich in neue

Liebesabenteuer gestürzt: Rocco war ein großer Erotiker, der nur ungern allein war und sich den Großteil seines Erwachsenenlebens in stürmischen Beziehungen befand. Irgendwann brach er auch mit dem Beuteschema des Mädchens aus gutem Hause, und ich fand immer, dass diese neue Frau (*obskurer* Herkunft, genau wie er, um eine seiner Formulierungen zu verwenden) von allen, die er kennengelernt hatte, am besten zu ihm passte. Nicht, dass zwischen Rocco und mir alles wieder genauso gewesen wäre wie früher: Dass ich mich von ihm distanziert und mich geweigert hatte, ihm die berühmte *Treue* zu halten, die er in seiner Not so eindringlich von mir verlangt hatte, war nicht ohne Wirkung geblieben. Wir mochten uns, aber ich hatte ihn einfach *nicht genug* gemocht oder mochte ihn immer noch nicht genug. Überraschenderweise ergab es sich jedoch, dass ich Rocco einige Jahre lang – bis zum Schluss – fast täglich wiedersah, ihn aber gleichzeitig eher von außen, aus der Ferne betrachtete. Und das kam so: Eines Abends hatte ich ihm meine damalige Frau Chiara Gamberale vorgestellt, mit der er sich eng anfreundete und die sofort zu seiner wichtigsten Vertrauten und Ratgeberin wurde. Das hieß, dass Rocco nach langer Abwesenheit oft zu Besuch war, allerdings nicht meinetwegen. Er kam, um Chiara von seinem Leben zu erzählen – von diesem ständigen Chaos aus Problemen, Enttäuschungen und absurden Vorhaben. Ganze Nachmittage saßen sie in der Küche, eingehüllt in eine dichte Rauchwolke, und übten sich in der unmöglichen Kunst, das Leben zu verstehen. Wenn er dann nach diesen langen Beichten zum Abendessen blieb, begleitete er mich zum Einkaufen und beim Gassigehen mit dem Hund. Dann redeten wir über Dies und Das, zuweilen auch über persönliche Dinge, weil wir das schon immer so gemacht hatten und wir nun mal so etwas wie Familie waren, allerdings mit einer gewissen Distanz, ohne die einstige Vertrautheit. Während ich Rocco damals mit dem Gefühl den Rücken gekehrt hatte, dass er überhaupt nicht zuhörte, wenn ich ihm mal etwas von mir erzählte, erzählte er mir jetzt deutlich weniger von sich. Er gab sich damit zufrieden, gemeinsam einen Film oder ein Fußballspiel anzuschauen, schließlich hatte er Chiaras geduldigen Ohren bereits sämtliche Geheimnisse anvertraut, die er loswerden musste. Ich hielt mich von diesen Beichten fern. Eben weil ich zu einer Nebenfigur in seinem Leben geworden war, konnte ich Rocco eine Zuneigung entgegenbringen, die für beide Seiten befriedigender war. Und auch wenn wir uns stritten – Rocco war nach wie vor ein Meister im Misstrauen –, fühlte es sich eher an wie ein vertrautes Spiel. Manchmal merkte er, dass er mit

seinem hitzköpfigen Starrsinn zu weit gegangen
war und litt dann selbst am meisten darunter.
Ohne es offen auszusprechen, entwickelten wir
ein kleines Versöhnungsritual, um dann beruhigt
schlafen zu gehen: Bevor er nach Hause zurück-
kehrte, begleitete er mich auf eine letzte Hunde-
runde. «Weißt du ...», deutete er eine Entschuldigung an, «... bei meinem *Scheißcharakter* immer ...»

Ab da hätte es eigentlich bis ins hohe Alter immer
so weitergehen können: in freundschaftlicher
Zuneigung, in alter Gewohnheit. Rocco hätte
in regelmäßigen Abständen seine extrem düsteren Bücher geschrieben, ständig über irgendwas gejammert und den Zumutungen aus einer
vorteilhafteren Position widerstanden: so wie
immer, wenn man älter wird und irgendwie
über sich hinauswächst. Doch nichts davon geschah, das Schicksal sah für ihn etwas anderes,
Tragisches, Sinnloses vor. Ein Unfall, was ist das
eigentlich? Auf jeden Fall etwas, das sich jeglicher
Erzählstrategie verweigert. Er geschieht absolut
unnötigerweise, grundlos, unvorhersehbar und
erinnert uns dennoch immer wieder daran, dass
er genauso gut nicht hätte geschehen können. Er
ist die Nadel, die den aufgeblasenen Lebensballon
mit all seinen Phasen und mühsamen Lern- und

Anpassungsprozessen im Nu zum Platzen bringt: Nonsens pur. Es gibt da eine Nebenfigur in der *Odyssee,* die mich stets gerührt hat, einen Gefährten von Odysseus namens Elpenor. Er taucht nur ganz kurz in dem Epos auf, um sich gleich darauf auf katastrophale Weise wieder daraus zu verabschieden. Befreit von Circes Zauber, können die Griechen endlich wieder in See stechen. Elpenor wird gerufen, während er nach dem Fest auf dem Dach eines Hauses seinen Rausch ausschläft. Er wacht auf, aber da er nicht mehr weiß, wo er sich hingelegt hat, benutzt er nicht die Treppe, sondern stürzt vom Dach und ist auf einen Schlag tot. *Peng!,* wie in einem Comic. Da hat er im Trojanischen Krieg gekämpft, Odysseus auf allen Abenteuern begleitet, ist höchstpersönlich über die von göttlichem Zorn aufgewühlten Weltmeere gesegelt, nur um dann so zu enden. Die Zeit reicht nicht einmal, um den armen Elpenor zu betrauern. Die Griechen müssen aufbrechen, bevor es sich die alte verrückte Circe anders überlegt. Elpenor ist ein großartiger Schachzug Homers, denn keiner verkörpert *das Menschliche* besser als er. Es kann passieren, dass der Mensch wegen einer kurzen Unaufmerksamkeit, eines winzigen Missgeschicks ganz plötzlich aus seiner Geschichte gerissen wird. Etwas, was nichts zu bedeuten hat und doch alles andere überschattet. Von diesem

Moment an rollt die Welle des Absurden rückwärts und fegt die gesamte Vergangenheit einfach hinweg, bis hin zum allerersten Tag.

In jener Zeit sah ich ihn so oft, dass ich mich nicht an das letzte Mal erinnere. Vermutlich hat er sich mit mir ein Fußballspiel angesehen, mich auf einen Hundespaziergang begleitet. An unser letztes Telefonat hingegen erinnere ich mich noch sehr gut, das war am Nachmittag des 17. Juli 2008, wenige Stunden bevor er starb. Er fuhr mit seinem Moped auf ein in zweiter Reihe parkendes Auto auf, wenige Meter von der ungerührt zusehenden Reiterstatue von Georg «Skanderberg» Kastrioti auf der Piazza Albania entfernt, zu Füßen des Aventin. Er war gerade erst nach zwei Wochen in Amerika wieder nach Rom zurückgekehrt, von einem Besuch bei Freunden in Providence – ein unbeschwerter Urlaub, wie es schien. Zu Beginn des Telefonats hatte Rocco etwas gesagt, das typisch für seinen Charakter und seine Ausdrucksweise war: «Gut, dass du anrufst.» Ich musste grinsen. Das sollte heißen, dass ich, der diesbezüglich stets zu wünschen übrig ließ, seinen strengen Freundschaftskodex ausnahmsweise einmal respektiert hatte. Und der sah vor, dass man jemanden, der länger verreist war, anruft und sich bei ihm nach der Reise erkundigt. Wir hatten sogar beschlossen, uns zu treffen, nur wir zwei, zum Essen im Biondo Tevere – einem äußerst beliebten Lokal in der Via Ostiense mit einer Terrasse am Fluss, das vor allem dafür berühmt ist, dass Pier Paolo Pasolini in der Nacht seiner Ermordung dort zum letzten Mal lebend gesehen wurde. Noch wenige Monate zuvor hatte ausgerechnet ich Rocco vorgeschlagen, für den Lokalteil der *Repubblica* eine Art Reportage über diesen Ort, ungefähr auf halber Strecke zwischen der Cestius-Pyramide und der Basilika Sankt Paul vor den Mauern, zu schreiben. Daraus entstand ein wunderschöner Text, der heute gerahmt an einer Wand des Restaurants hängt – fast wie eine Reliquie. Doch kurz vor unserer Essensverabredung meldete sich Rocco noch mal mit einer SMS: Er habe ein anderes Treffen vergessen, wir müssten unser Essen auf den nächsten Tag verschieben, er werde zu Carola Susani gehen, einer seiner engsten Freundinnen, ich glaube zu einem Geburtstagsfest oder so. Wären diese Nebensächlichkeiten nicht dermaßen mit einer monströsen Schicksalshaftigkeit aufgeladen, hätte ich sie schon nach wenigen Stunden wieder vergessen, genau wie diesen Satz – «Gut, dass du anrufst» –, der im schonungslosen Licht der Tatsachen ein ganz anderes Gewicht, eine ganz andere Bedeutung bekommt. Und auch wenn sie durch nichts zu erklären sind, gibt es so etwas wie Vorahnungen – und ob es sie gibt! Rocco hatte also unser Abendessen verschoben. Nicht weiter schlimm. Ich wollte die wunderschöne Dämmerung an diesem Juliabend genießen und ging mit dem Hund in den Park vor dem Haus, machte es mir auf einer Bank bequem, um eine Zigarette zu rauchen, nachdem ich mir in einem Chinarestaurant etwas zum Mitnehmen bestellt hatte. Wieso dachte ich an diesem Abend noch so viel an Rocco, während er seine letzten Stunden auf dieser Welt zubrachte? Im Rückblick bekomme ich jetzt, wo ich Jahre später darüber schreibe, Gänsehaut. In jener Woche wurde am Kiosk ein Büchlein verkauft, eine Kurzgeschichte von Hemingway, *Das kurze glückliche Leben des Francis Macomber*, in zweisprachiger Ausgabe. Ohne den Blick abzuwenden, starrte ich auf das Plakat am Rolltor eines inzwischen geschlossenen Kiosks, das die Kurzgeschichte bewarb. Und weil ich deren Titel aus unerfindlichen Gründen immer wieder von Neuem las, verwandelte er sich in eine dieser obsessiven Leiern, die zu einem richtigen Ohrwurm werden und genauso schnell wieder verschwinden, wie sie gekommen sind. *Das kurze glückliche Leben des Rocco Carbone*, wiederholte ich immer wieder. *Das kurze glückliche Leben des Rocco Carbone.* Sogar wenn man «glücklich» in «unglücklich» ändert, bleibt es genau dieselbe Anzahl von Silben, dank der schlichten Auslassung eines unbetonten Vokals, die jeder kennt, der Gedichte oder Lieder schreibt. Also: *Das kurze unglückliche Leb'n des Rocco Carbone*. Glücklich, unglücklich. *Das kurze (un)glückliche Leb'n des Rocco Carbone*. Je öfter man ein Wort wiederholt, desto mehr bedeutet es sein Gegenteil. So als würde die Wiederholung den Trick offenlegen, uns daran erinnern, dass es kein passendes Wort für das unbegreifliche Chaos menschlichen Lebens gibt, für sein ständiges Scheitern. Hemingways Kurzgeschichte, die in Afrika spielt, ist so etwas wie eine moralische Fabel. Sie erzählt die Geschichte eines Mannes, der sich wie Rocco nur schwer mit der Vorstellung von «Glück» assoziieren lässt. Dennoch verwirklicht sich Francis Macomber und findet Erfüllung, bevor er bei einem Jagdunfall stirbt. Ganz so, als würde der Schleier des Unglücks kurz vor Schluss zu Boden gleiten und die rätselhafteste, unfassbarste, flüchtigste Gottheit überhaupt enthüllen: das glückliche Leben.

Egal, ob man nun über eine reale Person oder eine fiktive Figur schreibt – am Ende läuft es auf dasselbe hinaus: Mit dem Wenigen, das die Sprache hergibt, gilt es beim Leser ein Maximum an Vorstellungskraft zu wecken. Mithilfe von hier und da aufgelesenem feuchten Reisig ein Feuer der Imagination zu entfachen. Der verfügbare Wortschatz für ein Gesicht ist beispielsweise dermaßen kläglich («Augen», «Nase», «Mund»), dass man es oft gleich von vornherein aufgibt. Was unterscheidet Pia Pera, geboren am 12. März 1956 in Lucca, von Puschkins Tatjana? Sprachlich gesehen sind es lediglich Puppen aus Lumpen und Draht mit Rosshaar auf dem Kopf und zwei unterschiedlichen Knöpfen als Augen. Gelingt es jedoch, sie in irgendeiner Hirnwindung des geistesverwandten, aber fremden Lesers flüchtig Gestalt annehmen, lächeln oder vor Kälte zittern, den Kragen ihres Lumpenmantels hochschlagen zu lassen ..., ist das genau das, was wir als Geist bezeichnen, sprich die Möglichkeit, dass unsere Existenz in ihrer ganzen Körperlichkeit und ihren Bedürfnissen auch einen Schatten, eine Quintessenz besitzt, der sie aus sich heraustreten lässt. Denn wir leben zwei Leben, die beide dem Ende geweiht sind: Da ist zum einen das physische Leben aus Fleisch und Blut, und zum anderen das, was sich in den Köpfen der Menschen abspielt, die uns geliebt haben. Ist auch der letzte Mensch, der uns gut gekannt hat, gestorben, lösen wir uns endgültig auf und es beginnt das große, unaufhörliche Fest des Nichts, bei dem der Stachel der Trauer niemanden mehr zu stechen vermag. Einer Sache bin ich mir sicher: Während ich schreibe – ja, solange ich dasitze und schreibe, ist Pia hier, ist ihre Anwesenheit so greifbar wie die des Tisches oder der Lampe. Denke ich hingegen an Pia, gibt es nur mich, der das denkt, spielt sich alles ausschließlich in meinem Kopf ab, und am anderen Ende des Gedankenfadens ist nichts als Abwesenheit. Träume ich von ihr, ist es dasselbe, dann ist es ein anderer Ich-Anteil, der Pia erschafft. Daraus leite ich ab, dass das Schreiben ein besonders probates Mittel ist, die Toten zum Leben zu erwecken, und ich rate jedem, der sich nach einem geliebten Menschen sehnt, das Gleiche zu tun: nicht an ihn zu denken, sondern über ihn zu schreiben. Schon bald wird man feststellen, dass der Tote vom Schreiben angezogen wird und immer einen Weg findet, den Worten, die wir über ihn schreiben, auf unvorhersehbare Weise zu entsteigen, freiwillig in Erscheinung zu treten; nicht wir sind es, die an ihn denken, endlich ist es mal umgekehrt. Natürlich sind solche Erscheinungen von Fall zu Fall unterschiedlich. Roccos Anwesenheit nahm schnell die Form einer alten Gewohnheit, einer ironischen, streitlustigen Kameradschaft an. Pias Präsenz ist anders, sie ist schüchterner und verlegener, so als freute sie sich über mein Vorhaben, würde mich aber, wie sie es zu Lebzeiten mehrfach getan hat, bitten, keine voreiligen Schlüsse zu ziehen und etwas genauer hinzuschauen, wozu ich natürlich keine Lust habe. Das hat nichts mit dieser oder jener Episode oder Phase zu tun, sondern mit dem geheimen Räderwerk des Lebens – oder anders gesagt, damit, wie ihr Schicksal seinen Lauf genommen und damit zunehmend jede andere Möglichkeit bis zur endgültigen Ausformung ausgeschlossen hat. Ich und du, wiederholt Pia unablässig, wir waren Vertraute; diese langjährige, gegenseitige Vertrautheit war das Fundament unserer Beziehung. Mit Sicherheit war das ein hohes Gut, ein Trost in dieser nur schwer zu entschlüsselnden Welt voller feindlicher, zersetzender Kräfte. Aber die Vertrautheit zwischen Männern und Frauen ist blind, sie sieht nur das, was sie sehen will. Ab einem gewissen Grad entgleitet mir Pia immer wieder, als wäre ich nicht mehr imstande, kleinste Details zum großen Ganzen zusammenzusetzen. Ich kann nur sagen, dass Pia in meinen Augen immer ein bezauberndes Geschöpf gewesen ist, dieses Wort finde ich am treffendsten für sie, «Pia» und «bezaubernd», das sind für mich beinahe Synonyme. Alles, was bezaubernd ist, erzeugt ein kontinuierliches Funkeln, und oftmals endet es damit, dass die bezaubernden Menschen verlöschen und am Ende in einem wirbelnden Schweif aus winzigen Lichtern aufgehen.

Je besser ich sie kannte, oder zu kennen glaubte, desto weniger schien mir Pia mit einem normalen Zeitkonzept vereinbar zu sein. Womit ich sagen will, dass es für uns alle eine spürbare Zeit gibt, in der wir Gestalt annehmen und verlöschen, unwiderruflich eine Richtung nehmen wie eine Kugel auf einer abschüssigen Fläche. Aber es gibt auch eine weniger wahrnehmbare Zeit, die sich nicht in Tagen oder Jahren bemisst, während der wir verlorene Energien dafür aufwenden, dunkle Bedrohungen zurückzudrängen, ein fragiles Gleichgewicht zwischen widerstrebenden Kräften zu finden und dem zu entfliehen, was unsere Eltern sich für uns gewünscht haben. Wir merken es oft nicht einmal, und wenn wir dann müde sind, sollten wir nicht nur daran denken, was wir alles gemacht haben, sondern auch an die unsichtbare Arbeit des sich Entziehens und sich Verweigerns, die uns genauso viel Kraft abverlangt – im Wachen wie im Schlafen. Ich glaube, die Philosophen der Antike hatten recht, die davon ausgingen, dass wir einen Aspekt unserer Seele mit anderen Lebewesen gemeinsam haben, eine «vegetative» Dimension, die dazu neigt, sich dem Bewusstsein zu entziehen wie die unwillkürlichen Aktivitäten eines Organs. Das Individuum, das in der Lage ist, sich diese abwehrende Energie wieder ins Bewusstsein zu rufen, diese blinde Kraft reinen Fortbestehens, diesen wiederkehrenden Rhythmus aus Expansion und Kontraktion, und sich somit intuitiv in jedem Aspekt des kosmischen Daseins wiedererkennt, keinen wesentlichen Unterschied zwischen sich und einem streunenden Hund, der Maserung im Marmor oder einem Bund Rosmarin sieht, hat so etwas wie Erlösung erlangt. Anstatt dem Egoismus abzuschwören (als ob das überhaupt möglich wäre!), hat dieses Individuum ihn vollkommen ausgelotet und dadurch den Weg zur Freiheit erlangt, ohne irgendeine zuvor getragene Maske ablegen zu müssen. Das ist der Weg, den Pia gewählt hat, und er führt zu etwas, das gleichzeitig metaphysisch und in höchstem Maße physisch ist: zu einem Garten. Ein Konzept, das man mit Füßen treten kann, das Spuren an den Schuhen hinterlässt. In einem Garten tritt das, was im Dunklen pulsierte, jene dunkle, eigenwillige Kraft, die sich dem Tod entgegenstemmt, ans Tageslicht. Pfeil und Kreis finden ihre Bestimmung. Wenn ich mir Pia in ihrem Garten vorstelle, einen Korb in der einen, eine kleine Hacke in der anderen Hand, sehe ich nicht nur einen Menschen vor mir, der einen Außenraum bewohnbar macht oder gar schön gestaltet. Das Bild, das ich vor mir habe, ist das von der Gesamtheit des Lebens, das alles miteinschließt, was man wissen und was man nicht wissen kann, den Tag und jenen Teil der Nacht, der sich, wie in Chopins Sonaten, nie in Morgenrot verwandelt, der nie vergeht, für immer bleibt.

Ganz zu Anfang dieses Textes habe ich gesagt, dass sich Rocco in den fünfundzwanzig Jahren, die ich ihn kannte, äußerlich kaum verändert hatte. Und tief in seinem Innersten, war da etwas geschehen? So wie unser Leben von Wiederholung tyrannisiert wird, hat es nur wenige echte Möglichkeiten, sich weiterzuentwickeln oder gar Heilung zu finden. Wenn überhaupt, ist es am wünschenswertesten, mit sich selbst Frieden zu schließen, denn ein wesentlicher Bestandteil des von uns empfundenen Schmerzes hängt von dem Wunsch ab, das Unabänderliche zu ändern und somit das, was ist, mit dem, was sein könnte zu vergiften. Eben deswegen glaube ich, dass Roccos letzte Jahre die besten seines Lebens waren – die, in denen seine meist fruchtlosen Bemühungen sich anzupassen, hin und wieder von Erfolg gekrönt waren. Sein Blick war *milder* geworden. Er hatte sich mit Menschen umgeben, die ihn verstanden, zumindest fühlte er sich verstanden, was ein und dasselbe ist. All das hat Chiara perfekt eingefangen – in einem Artikel, den sie wenige Stunden nach seinem Tod veröffentlichte und aus dem ich einige Zeilen zitieren möchte, weil sie so präzise sind wie eine Fotografie: «In einer so erdrückenden, geschlossenen literarischen Welt wie der Italiens hatte sich Rocco seinem Naturell entsprechend ausschließlich mit Menschen umgeben, die genau so waren wie er. Und das waren gar nicht mal so wenige. Anders in jeder Hinsicht, im Guten wie im Schlechten. Im Grunde lebensuntüchtig, aber sich dessen dermaßen bewusst, dass sie schon wieder darüber lachen konnten. Von anderen angestrengt und für diese ebenso anstrengend. Menschen, die merkten, dass mit ihnen irgendetwas nicht stimmt. Und denen Rocco, indem er es ihnen vorlebte, mehr oder weniger indirekt zu sagen schien: Genau das, was aus deiner Sicht mit dir nicht stimmt, ist das Stimmigste überhaupt.»

Irgendwann nach seinem Tod gelang es Roberto Varese, einem alten Freund, der Rocco ein Leben lang begleitet hatte, in das Labyrinth der römischen Bürokratie vorzudringen und es mit einer Sondergenehmigung unbeschadet wieder zu verlassen: mit der, einen Baum, einen Olivenbaum, anzupflanzen, und zwar wenige Meter vom Unfallort entfernt, am Rande einer Grünfläche, oberhalb derer majestätisch Trümmer der ältesten römischen Ringmauer emporragen, die die Hänge des Aventin umgibt. Erstaunt über die kleine Menschenansammlung, half uns ein städtischer Gärtner das Loch auszuheben, dann durften wir übernehmen. «Ich sehe, wie wichtig er euch war», sagte dieser freundliche Mann irgendwann, «bringen wir es gemeinsam zu Ende.» Heute ist das Bäumchen, das anfangs etwas mickrig wirkte, dicht belaubt und erfreut sich bester Gesundheit. Wenn es sein muss, trägt es sogar ein paar Oliven. Das Metallschild mit Roccos Namen und Lebensdaten wurde jedoch so oft geklaut (wie alles, was man in Rom klauen kann), dass wir irgendwann darauf verzichtet haben, es zu ersetzen. Manchmal treffen wir uns alle dort, wenn sich sein Todestag jährt oder zu anderen Anlässen, und ich dürfte nicht der Einzige sein, der den Baum allein oder gelegentlich mit kleineren Grüppchen aufsucht. Wenn es einen Baum gibt, der Rocco ähnelt, dann natürlich der Olivenbaum, dessen Schönheit in der für ihn typischen Hartnäckigkeit, Kompliziertheit und Langsamkeit begründet liegt. Sucht man diesen Ort nachts auf, wenn sich der Verkehr auf der langen Allee, die den Circus Maximus mit der Cestius-Pyramide verbindet, wenigstens ein bisschen beruhigt, kann man tatsächlich das Gefühl haben, Rocco in seiner neuen Gestalt als Baum zu besuchen. Als ich einmal von Polizisten verwarnt wurde, weil ich an den Fuß des Olivenbaums gepinkelt hatte, konnte ich ihnen nicht verständlich machen, dass das eine Art Gruß war, ein kleiner Scherz unter alten Freunden. In meiner Vorstellung ist dieses stolze, üppig wuchernde Bäumchen, das für sich steht wie ein Vorposten und Wächter, mit Pias Garten verschmolzen, als wäre er so etwas wie ein entfernter Ausläufer, eine Art städtischer Ableger.

Im Nachhinein ist es leicht, auch das als unausweichliches Verhängnis zu sehen, was wie ein zufälliger Unfall eigentlich sein genaues Gegenteil, sein Gegenstück sein sollte. Gianluca Greco, ein weiter Freund aus dem engsten Kreis, erzählte mir, dass Rocco wenige Monate vor seinem Tod auf dem Weg zur Arbeit schon einmal einen Mopedunfall gehabt hatte. Ein Auto war an einer Ampel heftig in ihn reingefahren. «Jetzt kann mir nichts mehr passieren», hatte er zu Gianluca gesagt, «jetzt bin ich unsterblich.» Noch beunruhigender ist, dass ihm nur wenige Tage vor jenem fatalen Abend das Auto geklaut worden war, denn normalerweise wäre er bestimmt mit dem Auto zu Carola gefahren und so weiter und so fort. Es ist nun mal leider so, dass sich der Zufall und die unabänderliche Verkettung von Ereignissen im Leben so sehr ähneln, dass sie miteinander identisch werden – und vielleicht ist es ja genau diese Undurchschaubarkeit, die es uns erlaubt, ein solches Aufeinandertreffen schicksalhafter Umstände zu ertragen, ohne sie jemals zu verstehen, sie aber letztlich doch zu akzeptieren. In den Monaten nach Roccos Tod litt ich unter einem seltsamen Unwohlsein, das bestimmt psychosomatisch war, aber deswegen noch lange nicht weniger schlimm. Jedes Mal, wenn ich einschlief, sei es spätabends oder tagsüber für ein kurzes Nickerchen, wachte ich schon nach wenigen Sekunden mit rasendem Herzklopfen nassgeschwitzt auf. Mit dem Gefühl, etwas so Unerträgliches gesehen zu haben, dass ich vor dem Schlaf fliehen musste, und zwar so, wie man eine Hand zurückzieht, die aus Versehen ins Feuer gefasst hat. Das Gefühl war so schrecklich, dass ich den ganzen Sommer versuchte, mich vor dem Einschlafen völlig zu verausgaben und es bis zum Morgengrauen hinauszögerte. Derart erschöpft konnte ich diese Anfälle manchmal verhindern. In diesen langen Phasen der Schlaflosigkeit saß ich senkrecht im Bett und wartete darauf, dass sich mein Herzschlag wieder beruhigte. Ich dachte an Rocco. Ein Verdacht quälte mich, eines dieser Probleme, die in stockfinsterer Nacht plötzlich riesengroß werden und erst bei Tageslicht wieder ihre tatsächlichen Dimensionen annehmen – außer wenn diese Paranoia einen triftigen Grund hat. Nicht lang vor seinem Tod hatte mir Rocco oft von gewissen Nachforschungen für eine Kurzgeschichte oder Reportage über Cosoleto erzählt. In dem kleinen Ort im Aspromonte-Gebirge war eine noch nie da gewesene Häufung von Krebserkrankungen festgestellt worden. «Früher wurden die alten Leute neunzig, und das, indem sie sich von Brot und Zwiebeln ernährten und bis in die Nacht arbeiteten. Heute werden sie frühzeitig krank und sterben wie die Fliegen.» War er diesem Verdacht irgendwie nachgegangen? Schwer zu sagen, aber Roccos Erklärung war schrecklich: Das Aspromonte-Gebirge ist dafür berüchtigt, dass dort heimlich Giftmüll entsorgt wird, eine Spezialität der dortigen Mafia (neben vielen anderen). Vielleicht hatte jemand wer weiß was für einen Dreck beseitigt, indem er ihn in eine schwer zugängliche Schlucht oder an einen anderen Ort gekippt hatte, wo er dann in das Wasser eingesickert war, das man trank und mit dem man das Obst und Gemüse bewässerte. Aber damit nicht genug: Wie man sich vorstellen kann, ist das Leben dieser Verbrecher von zahlreichen Unwägbarkeiten geprägt. Derjenige, der das Gift entsorgt hat, kann schon am Tag darauf bei einer Schießerei umgekommen oder an einer Überdosis gestorben sein, und selbst in dem (mehr als unwahrscheinlichen Fall) einer Zusammenarbeit mit der Justiz wäre der Grund für dieses Massensterben nicht mehr zu beseitigen. Wer weiß. Das sind Dinge, die man erst mal beweisen muss, bevor man davon erzählen kann. Fest steht, dass ich mir in diesen endlosen Nächten, in denen ich richtig Angst vor dem Einschlafen hatte, einbildete, Rocco hätte zu unbequeme, zu gefährliche Fragen gestellt. Die seltsamen Umstände des tödlichen Zusammenstoßes mit einem parkenden Wagen verwiesen auf ein dunkles Geheimnis und im selben Moment auf die absolute Unmöglichkeit, es aufzuklären. In so manch finsterer Stunde dieser seltsamen Schlaflosigkeit, hervorgerufen durch meine Angst vor dem Einschlafen, glaubte ich zu wissen, dass Rocco ermordet worden war. Wie das manchmal so ist, verbinde ich dieses ganze Unwohlsein mit der Erinnerung an einen bestimmten Ort. Chiara und ich hatten damals ein Haus in Griechenland gemietet, an der Südküste von Samos. Es war ein kleines, sehr einsames Haus an einem endlosen Kieselstrand, einem steinernen Band, das auf der einen Seite vom Schaum der Brandung und auf der anderen von dichtem Schilf gesäumt wurde. So gut wie niemand verirrte sich dorthin, es gab weder Lokale noch Sonnenschirme noch sonst irgendwas, bloß bei Sonnenauf- und -untergang vorbeiziehende Ziegenherden und den ein oder anderen seltenen Meeresvogel, der über die glitzernde

Weite des Golfes hinwegflog. Eines Nachts, nachdem ich mindestens fünf Mal völlig erledigt und schweißnass aus dem Schlaf geschreckt war, beschloss ich, mich an den Strand vor dem Haus zu begeben, um die kühle Nachtluft zu genießen und den Sonnenaufgang abzuwarten. Ich streckte mich auf den Überresten eines Liegestuhls aus, der wer weiß wann dort zurückgelassen worden war. Die Landschaft war atemberaubend. Das Mondlicht ließ die Tausenden weißen Strandkiesel buchstäblich erstrahlen und malte eine silberne Straße auf die Meeresoberfläche, die bis zum Horizont reichte. Im Liegestuhl döste ich ein wenig vor mich hin, versuchte möglichst die Augen offenzuhalten, um nicht in die übliche Falle zu tappen. Dabei kam mir ein Gedanke, den ich bereits als wahr erkannte, noch bevor er sich mir ganz erschloss. Dieses Unwohlsein, dieses so unangenehme Symptom, das mit dem Einschlafen verbunden war, war keine *Folge* meines Schocks über Roccos plötzlichen Tod, wie anfangs angenommen. Nein, das war kein simpler psychologischer Reflex: *Das war Rocco höchstpersönlich.* Weil er noch nicht wusste, wohin er sollte, vielleicht auch, weil er noch nicht begreifen konnte, was mit ihm passiert war, sich angesichts der Endgültigen Finsternis verloren und verstört fühlte, hatte sich sein Geist in meinen Schlaf geschlichen. Er sabo-

tierte ihn, forderte Hilfe, Aufmerksamkeit, dass
man ihn in Erinnerung behielt. Wie schon zu Lebzeiten wollte er sich davon überzeugen, dass ihn
jemand gernhatte. Also habe ich mich über Monate hinweg diesem langen Abschied überlassen.
So sehr ich mich auch wehrte – irgendwann fielen
mir die Augen zu, bis ich von einer wundersamen
Kraft wieder aus dem Schlaf gerissen wurde. Ich
fühlte mich wie eine Straße, über die unzählige
Pferdehufe hinwegdonnerten.

Um auf Pia zurückzukommen, bei der ich im Jahr 1996 stehen geblieben war: Wie um eine Art Diptychon der großen Romanautoren zu vervollständigen, erschien neben *Eugen Onegin* in diesem Jahr auch die Übersetzung *Ein Held unserer Zeit* von Lermontow. Trotz all dieser Arbeiten, die Unmengen an Energie und Ausdauer erforderten, und die Pia hervorragend ausführte, war sie keineswegs ausgelastet. Genau diese überschüssigen Kraftreserven sorgen dafür, dass sich Unzufriedenheit einschleicht. Ich erinnere mich noch ausgezeichnet an diese Zeit, die ihrem neuen Pakt mit dem Leben, ihrem Gartenabenteuer, vorausging. Noch auf offenem Meer suchte Pia mit den Augen den Himmel nach den richtigen Sternen ab, versuchte sich zu orientieren. Hin und wieder verlor ich sie aus dem Blick, dann erreichte mich eines schönen Tages ein langer Brief aus London oder Amerika. Aber wenn Pia nach Rom kam oder ich nach Mailand fuhr, stellte sich sofort wieder eine Vertrautheit ein, als hätten wir uns erst gestern gesehen. Zu meinem großen Erstaunen hegte sie eine wachsende Abneigung gegen Mailand und das Leben in der Stadt. Ich weiß, wie völlig irrational das von mir ist, aber der Wunsch, aufs Land zu ziehen, sofern er nicht von irgendwelchen unausweichlichen praktischen Notwendigkeiten vorgegeben ist, hat auf mich schon immer extrem selbstzerstörerisch gewirkt. Auch wenn ich den Großteil meiner Zeit in den eigenen vier Wänden verbringe, brauche ich das Gefühl, dass mir die Stadt jederzeit zur Verfügung steht, mich mit ihrer unendlichen chaotischen Fülle an Möglichkeiten und Sehnsüchten, mit ihrem Gestank und ihrer unfreiwilligen Schönheit umgibt, weshalb ich dazu neige, dieses Bedürfnis auch auf andere zu projizieren. Damit meine ich natürlich nicht diejenigen, die vom Land stammen oder dort arbeiten, sondern jene, die im Grunde Großstädter sind, so wie ich auch Pia für eine Städterin hielt, als sie anfing, mir von einem Familiengrundstück zu erzählen, von einem Hof (allein das Wort irritierte mich) in der Nähe von Lucca, um den sie sich kümmern wolle. Wollte sie ihre wunderschöne Wohnung in der Via Archimede tatsächlich aufgeben? Pias Straße unweit vom Bahnhof Porta Vittoria sowie ein paar Parallelstraßen ergeben ein merkwürdiges Bild, wenn man sie auf der Karte oder auf Satellitenbildern betrachtet, weil sie diagonal zu den anderen angeordnet sind – ein bisschen wie der Broadway im Vergleich zu den Straßen Manhattans im Schachbrettmuster.

Diese abweichende Stadtplanung ist dadurch begründet, dass dort Mitte des 19. Jahrhunderts der Bahnhof Ferdinandea di Porta Tosa stand, der Mailand mit Venedig und Österreich verband. Einer der Orte im Epizentrum des Fünf-Tage-Aufstands. Von dort war der Sarg mit Feldmarschall Radetzkys Leichnam ohne großes Bedauern nach Wien zurückgeschickt worden. Als der Bahnhof abgerissen wurde, orientierten sich die Straßen an der Streckenführung der Gleise, und gegen Ende des Jahrhunderts entstand hier ein Arbeiterviertel mit Einfamilienhäuschen, allesamt mit ein paar Quadratmetern für einen Gemüse- oder Blumengarten. Von Pias Fenstern aus konnte man auch noch hundert Jahre später dieses Quartier mit seinen ungewöhnlich vielen und genial gestalteten Grünflächen bewundern. Ich betone das deshalb so, weil Menschen bei wichtigen Lebensentscheidungen mitunter von Dingen inspiriert werden, die sie jeden Tag vor Augen haben, die für alle anderen jedoch lediglich rein dekorativ sind. Sprich, die noch immer erkennbaren Spuren der sozialistisch angehauchten Utopie einer «Gartenstadt» könnten durchaus einen Einfluss auf Pia ausgeübt und zu ihrer Entscheidung beigetragen haben, sich einem Gemüse- oder Blumengarten zu widmen – aber außerhalb der Stadt mit all dem Land und all der Freiheit, die sie sich wünschte.

Ich war in dieser Hinsicht weder ein guter Prophet noch ein guter Ratgeber, da ich den Verdacht hegte, diese schleichende Entfremdung von Mailand und diese freiwillige Isolation könnten gefährliche Konsequenzen haben. Es folgten unzählige amüsante Diskussionen, weil Pia mir vorhielt, ich würde in ihre Wünsche Ängste hineinprojizieren, die nur ich hegte. Sie zog mich wegen meiner eingeschränkten «Stadtjungen»-Mentalität auf, eine Anspielung auf das Ende von *Humboldts Vermächtnis* von Saul Bellow, wenn der Protagonist Charlie Citrin gesteht, sich enorm schwer damit zu tun, eine Frühlingsblume zu bestimmen, auf die ihn jemand aufmerksam macht. «Es werden wohl Krokusse sein», sagt er schließlich gleichgültig, denn das Reich des «Stadtjungen», seine Realität, ist nicht die Natur, die ihm nichts gibt, sondern die unendliche, künstliche Illusion menschlicher Beziehungen. Wir «Stadtkinder» neigen dazu, andere als Spinner abzutun oder es für ein beunruhigendes Alarmzeichen zu halten, wenn jemand ein Interesse an der Natur hat, das über Gassigehen im Park hinausgeht. Aber Pia war trotz allem Anschein kein «Stadtmädchen». Sie war dazu geboren, Samen zu pflanzen, umzugraben, zu düngen. Und sie hatte es noch rechtzeitig gemerkt. Was ich bei Pia für ein existenzielles Risiko hielt – in der irrigen Annahme, ihre Abkehr von Mailand würde sich als frustrierende, unpraktische Schnapsidee herausstellen –, erwies sich nach anfänglichen Lehrjahren mit den dazugehörigen Mühen und Fehlern als Volltreffer.

Eine echte Berufung, so glaube ich, bringt Gegebenheiten oder Veranlagungen, die bereits in embryonaler oder marginaler Form vorhanden sind, enorm zur Geltung. Denn sonst handelt es sich nur um vorübergehende Anwandlungen, Erlösungsfantasien, ohne jeden realen Bezug zur individuellen Lebensgeschichte – so als würde man irgendwelche heilsamen Mantras murmeln, sich absurden Ernährungsregeln unterwerfen oder sich plötzlich für irgendwas engagieren, von dem man bisher noch nie was gehört hat. Daran ist auch gar nichts auszusetzen, aber was ich damit sagen will, ist, dass wahre Revolutionen unsere komplette Wahrnehmung verändern – von dem, was wir bereits zu wissen glaubten und wie wir die Welt gesehen haben. Denn echt ist nur das, was uns ausmacht, was in uns angelegt ist. Gärtnern, Anbauen von Obst und Gemüse sind schon immer ein quasi vererbtes Merkmal jenes Standes gewesen, dem Pia entstammt, nämlich den gebildeten Großgrundbesitzern, die seit Anbeginn des Ackerbaus eintopfen, Spaliere errichten, Beete anlegen und sich über Saatgut und Blumenerde austauschen. Weder Pias Vater (eine Jura-Koryphäe) noch ihre Mutter (eine Philosophielehrerin und Schülerin von Giorgio Colli) waren da eine Ausnahme. Allein die Tatsache, dass Pia einen Hof erbt und ihr überlassen ist, was sie damit anstellt, ist mit einer familiengeschichtlichen Bedeutung aufgeladen, die auf ein ursprüngliches Verhältnis zur Erde und ihrer Archetypen verweist: Aussaat, Wachstum, Tod, der Kreislauf der Jahreszeiten. Natürlich, eine Erbin wie Pia ist äußerst selten, wenngleich sie nicht die Einzige ist. Aber genau damit stellt das Schicksal sein Talent als großer und genialer Schöpfer unter Beweis, indem es für seine Kreationen gern auf Bekanntes und Bewährtes zurückgreift. Schon die Fensterbänke der Wohnung in der Via Archimede waren voller Töpfe mit liebevoll gehegten und gepflegten Blumen und Kräutern. Diese grünen Mikrokosmen mögen wie Fragmente, Spuren eines verlorenen Paradieses gewirkt haben, dabei waren sie auch ein Versprechen, zarte Verweise auf die Zukunft. In diesem Zusammenhang spielt auch ein Buch eine Rolle, möglicherweise nicht minder bedeutsam als *Eugen Onegin*, das sie noch dazu in der Kindheit gelesen hatte, wenn sich bestimmte Lektüren mitunter für immer tief einprägen: *Der geheime Garten* von Frances Hodgson

Burnett. So kam es, dass Pia zehn Jahre nach ihrer Übersetzung von Puschkins Meisterwerk einen weiteren wichtigen Pfeiler ihres Lebens aus dem Englischen übertrug. Die Geschichte ist zauberhaft. Mary ist ein unansehnliches und unsympathisches Mädchen, das bei ihren wohlhabenden Eltern in Indien aufwächst, bis diese eines Tages an einer Choleraepidemie sterben und sie als Einzige zurückbleibt. Als Waisenkind wie Harry Potter wird sie nach Yorkshire geschickt, um im hochherrschaftlichen Anwesen ihres verwitweten Onkels, eines launischen Misanthropen, zu leben, wo sich niemand um sie kümmert und alles darauf hinausläuft, dass sie noch unglücklicher und unausstehlicher wird. Doch alles ändert sich, als Mary eines Tages unter mysteriösen und magischen Umständen einen hinter hohen Mauern verborgenen Garten betritt, wo schon so lange niemand mehr gewesen ist, dass selbst das Eingangstor vor lauter Efeu nicht mehr zu sehen ist. Schon bald tauchen auf wundersame Weise Samen, Spaten, Harken und Gartenscheren auf. Durch die Beschäftigung mit dem geheimen Garten durchlebt Mary eine Metamorphose von Körper und Geist und hat erstmals Glücksgefühle, die ihr wegen ihrer «düsteren Gedanken» bislang verwehrt geblieben waren. Darüber hinaus gibt es ein wiederkehrendes Motiv, das noch stärker ausgeprägt ist als das Gärtnern, und zwar das Leben im Freien und seine wohltuende, regenerierende Wirkung. Auch in Pias Büchern über Gemüse- und Blumengärten stößt man oft auf die Vorstellung, dass man den Tag nicht besser verbringen kann als unter freiem Himmel. Bis zuletzt, als sie auf den elektrischen Rollstuhl angewiesen war, wodurch sich ihr Radius stark einschränkte, wollte sie immer *draußen sein* – und dort ist sie auch gestorben. Ganz so, als beträfe der Wesenskern, die Quintessenz dessen, was sie gelernt hatte, nicht einmal mehr ihre Gärten, sondern die hohe Kunst des täglichen *plein air* – bei Wind und Wetter und zu jeder Jahreszeit.

2003 veröffentlichte Pia ihr erstes *Naturbuch* (eine bessere Bezeichnung ist mir dafür nicht eingefallen): *L'orto di un perdigiorno* (zu Dt. «Der Garten einer Tagediebin»). Dabei handelt es sich um Tagebuchaufzeichnungen eines ganzen Jahres. Monat für Monat, Jahreszeit für Jahreszeit, berichtet sie von ihren ersten Schritten als Gärtnerin. Über ihrem kleinen Fleckchen Erde ist der Himmel mal straff gespannt und gleichmäßig wie eine die Sommerhitze ausschwitzende graue Leinwand, mal ziehen rasche, die ersten Unwetter ankündigenden Wolken hindurch, mal ist er klar und

sternübersät wie im eisigen Winter oder wolken-
verhangen wie an jenen Abenden im März, wenn
man feststellt, dass die Tage endlich wieder länger
werden. Wie man beim Lesen merkt, hat Pia einerseits bereits viel gelernt, andererseits noch viel zu
lernen. Sie baut Rüben, Tomaten, Kopfsalat, Zwiebeln, Rucola, Radicchio und auch sonst noch alles
Mögliche an, was sie ihrem Ziel, Selbstversorge-
rin zu sein, Tag für Tag näherbringt. Die Freude
darüber ähnelt der von Kindern, die versteckt
unter einem Tisch oder hinter einem Vorhang die
Vorstellung genießen, sich eine eigene Welt innerhalb der Welt erschaffen zu haben. Ob diese end-
los weit oder nur ein paar Quadratmeter groß ist,
spielt dabei keine Rolle, Hauptsache, man hat sein
eigenes kleines Reich. Wie vielen Menschen ist es
vergönnt, ihr Lieblingsmärchen eines Tages wahr
werden zu lassen? Genau das ist Pia, die lebte wie
in *Der geheime Garten,* gelungen. Und ihre Übersetz-
zung, die sie in dieser Zeit anfertigte, ist gerade
deshalb so schön und mitreißend, weil der Tri-
umph des Guten über alles Böse, der hier (wie in
allen Märchen) anhand von Mary erzählt wird, jenem gleicht, der auch bei Pia einsetzte. Und zwar
so sehr, dass einige Seiten dieses alten Kinder-
buchs fast eins zu eins in einem von Pias letzten
selbstverfassten Büchern zu finden sein könnten.
Faszinierende und überraschende Werke selbst

für «Stadtkinder», bei denen nicht mal eine Basilikumpflanze aus dem Supermarkt überlebt. Dass sie so überzeugend sind, liegt auch daran, dass alles so schwierig und ungewiss ist, dass Pia sich mit zahlreichen Niederlagen und Widrigkeiten konfrontiert sieht: Erdrutsche, Schädlinge, Trockenheit. Die falschen Samen, unüberlegte Imitationen fremder Gärten. Pia ist weit vom Klischee des Öko-Guru entfernt, der sich allwissend gibt und anderen das Gärtnern erklärt. Ihre Bücher preisen stattdessen, wie gesund und lehrreich es ist, Fehler zu machen. Doch anstatt sich von all diesen Rückschlägen entmutigen zu lassen, bestärken sie sie in ihrer ehrenwerten Abneigung gegen alles, was leicht ist. Aus metaphysischer und theologischer Sicht erinnern die geschilderten Erlebnisse an die zentralen Dilemmata des Katholizismus, die sich alle um Natur und Gnade drehen, um ihre unberechenbaren Gemeinsamkeiten und Unterschiede. Die Natur hat vieles mit der Gnade gemeinsam, aber vieles unterscheidet sie auch grundlegend davon, angefangen bei der Notwendigkeit, dass sie *bearbeitet* werden muss und insofern der Zeit hier auf Erden und menschlichen Zwängen unterworfen ist. Hinzu kommt, dass Pia so wunderbare Worte für die Dinge findet, die sie erlebt, die Erde wird zum Papier, das Anpflanzen zum Schreiben – und umgekehrt. Blatt um Blatt, Knolle um Knolle gedieh Pias kleines Reich. Geheim war der Garten insofern, als man von der Straße aus nichts davon sehen konnte, von dort führte ein anonymes Steintor zu einem Weg mit immergrünen Pflanzen. Erst wenn man diesen vollständig zurückgelegt hatte, konnte man einen Blick auf den Anfang des Gartens und rechts davon auf die Terrasse des Hauses erhaschen. Ging man weiter, staunte man über die schiere Größe, die man aufgrund der recht schmalen Zufahrtsstraße niemals vermutet hätte. Jenseits der Einfriedung, die aus einer dichten Hecke bestand, und jenseits der Felder, die an Pias Grundstück grenzten, zeichnete sich das Profil der Pisaner Berge ab, die höher wirken als sie sind, was an der unerschütterlichen Monotonie der Ebene liegt, durch die Serchio und Arno fließen. Solange sie konnte, hat Pia sämtliche Wege dieser Berge in Begleitung ihrer Hunde beschritten. Sie war mit einem Professor befreundet, der sie mitnahm, um ihr seltene Sumpfvogelarten oder uralte Flechten zu zeigen.

Im Lauf des Herbstes normalisierte sich mein Schlaf langsam wieder. Ich habe eine ziemlich plausible Erklärung dafür: Tagsüber hatte ich damit begonnen, mich mit einer Aufmerksamkeit und Regelmäßigkeit mit Rocco zu beschäftigen, die ihn endlich zufriedengestellt hätten – ihn, der mir stets vorgeworfen hatte, dass ich meine heiligen Freundschaftspflichten eher so interpretierte, wie es mir gerade in den Kram passte. Es war nämlich so, dass Antonio Franchini und Giulia Ichino, die Rocco zuletzt bei Mondadori verlegt hatten, den Roman herausbringen wollten, den er zum Zeitpunkt seines Todes gerade hatte abliefern wollen. Ich hatte mich bereit erklärt, dieses posthume Werk zu betreuen, doch die Arbeit erwies sich als viel schwieriger und komplexer als gedacht. Ich brauchte eine Weile, da das Dokument seltsamerweise durch ein Passwort geschützt war. Irgendwann fand ich mich vor einem fertigen Text wieder, der aber nicht perfekt genug war, um veröffentlicht zu werden. Natürlich hätte Rocco auf seine Art so lange daran gearbeitet, bis er nach allen Regeln der Kunst perfekt war, so wie alle Autoren.

Er hatte an jenem letzten Abend in der festen Überzeugung das Haus verlassen, nach wenigen Stunden wieder zurückzukehren und die Arbeit am nächsten Tag wiederaufzunehmen. Doch anstatt wieder nach Hause zu kommen, war er auf direktem Weg ins Jenseits aufgebrochen, die Schlüssel noch in der Hosentasche. Und wie man sich vorstellen kann, war die Arbeit am Buch noch meilenweit von seiner letzten Version entfernt. Es ist eine Sache, etwas zu lektorieren, aber eine ganz andere, ganze Sätze zu ergänzen, Namen hinzuzufügen, wenn das Subjekt unklar ist, Widersprüche aufzulösen und sich zwischen mehreren noch offenen Möglichkeiten zu entscheiden. Sprich, ich hatte geglaubt, so etwas wie eine Statue vorzufinden, die ich nur noch auf Hochglanz polieren musste. Stattdessen galt es noch einiges herauszumeißeln und zu feilen. Was tun? Hätte es sich um einen antiken Autor, um einen Klassiker gehandelt, hätte ich den Text so veröffentlichen müssen, wie er hinterlassen worden war, eventuell mit notwendigen Ergänzungen in eckigen Klammern. Aber bei einem zeitgenössischen Roman, der in einer populären Reihe erscheinen sollte, war das ausgeschlossen. Mir blieb nichts anderes übrig, als an Roccos Stelle zu treten, alles selbst in die Hand zu nehmen. Ich habe in meinem

Leben schon viele Texte veröffentlicht, aber so eine intensive psychologische Erfahrung hatte ich, wie man sich unschwer vorstellen kann, vorher noch nie. Jeden Morgen setzte ich mich an den Schreibtisch und wägte ein Wort gegen das andere, einen Satz gegen den anderen ab, in dem Versuch, den Text zu ergänzen, ohne mich selbst allzu sehr einzubringen. Dass mein Stil mit dem Roccos genauso unvereinbar war wie Wasser und Öl (er sagte mir oft, aus seiner Sicht schreibe ich leicht veraltete «Kunstprosa»), stellte sich bald als äußerst hilfreich heraus, weil es mich stets dazu zwang, nicht zu überlegen, was generell besser wäre, sondern wie mein Freund diese noch offene Frage gelöst hätte. Fast kam es mir so vor, als wäre dieser nicht wirklich unvollendete, aber eben auch nicht wirklich vollendete Text absichtlich so geschrieben worden, weil er jene vollkommene Aufmerksamkeit, jenes umfängliche Verständnis erforderte, das Rocco anderen abverlangte. Offen gestanden, kann ich mich nicht an eine einzige Stelle erinnern, an der ich etwas von mir dazugetan hätte. Ich habe versucht, eine Art Rocco-Ersatz zu sein, so etwas wie sein Stellvertreter in der Welt der Lebenden. Aus philologischer Sicht mag das keine besonders orthodoxe Methode sein, es war aber auf jeden Fall eine positive Erfahrung für uns beide, sofern wir Roccos Geist eine reale Komponente einräumen wollen. Und warum auch nicht? Was wissen wir denn schon? Wie dem auch sei, seit ich mit dieser Schwerstarbeit begonnen hatte, schlief ich selig.

Manchmal ist mir beim Schreiben, als würde ich mich durch eine Vielzahl von Erinnerungen bewegen, die wie Bettler die Hand ausstrecken, um meine Aufmerksamkeit einzufordern. Pia und Rocco, die sich streiten, weil sie sich weigert, ihn mit seiner neuen Freundin zu sich aufs Land einzuladen, während Pia noch mit seiner Ex-Freundin befreundet ist. Pia, die mich zu einem Konzert von Gianna Nannini mitnimmt – sie hatte die Texte für eine Rock-Oper der Sängerin geschrieben, inspiriert von einer berühmten Namensvetterin – der Pia de' Tolomei aus Dantes *Purgatorio* («Siena brachte mich hervor, die Maremma brachte mich um» und so weiter). Ein Geschenk von Pia zur Wohnungseinweihung: ein Kerzenständer in Form einer korinthischen Säule. Weihnachtsgrüße und Wünsche fürs neue Jahr. Wie alle anderen haben auch wir irgendwann damit aufgehört, uns handgeschriebene Briefe und Karten zu schicken. Stattdessen eine Flut an Nachrichten. Ich rufe Pia von einem Hotel in Moskau aus an, wo ich beruflich zu tun habe, um sie zu fragen, was ich mir an meinem freien Nachmittag anschauen soll in dieser Stadt, die mir so feindselig und unnötig überdimensioniert vorkommt. Daraufhin schickt sie mich an einen bezaubernden Ort, zu den Patriarchenteichen, Schauplatz des ersten Kapitels in *Der Meister und Margarita* von Bulgakow, in dem ein Trottel geweissagt bekommt, dass sein Kopf bald rollen wird, und tatsächlich gerät er kurz darauf unter die Straßenbahn. Die seltsamen Latenzen, die es in engen Freundschaften gibt: Nach seinem Tod haben wir so gut wie nie über Rocco gesprochen, haben unsere Freundschaft unbewusst oder implizit durch seine Abwesenheit festigen lassen. Wenn ich an Pia denke, stelle ich mir vor, wie sie fröhlich Kohl anpflanzt, sprießenden Maiglöckchen Mut zuspricht. Da ihre Naturbücher so erfolgreich waren, habe ich in Zeitungen, im Internet ständig Fotos von Pia gesehen. Oft in Gesellschaft von Macchia oder dem Hund davor, an dessen Namen ich mich nicht erinnere. Auf einem dieser Fotos sitzt sie im Schatten auf ihrer Terrasse, eine Biografie von Nico Naldini über Giovanni Comisso in der Hand. Wir lasen stets dieselben Bücher, fanden Gefallen an denselben Dingen. Kurz vor Ausbruch ihrer Krankheit erschien ihre letzte Übersetzung, ein kleiner, feiner Band mit drei unbekannten Erzählungen von Tschechow aus seinem ersten Erzählband. «Ich glaube, wäre ich nicht Schriftsteller, wäre ich Gärtner geworden», schrieb Tschechow einmal einem Freund.

Während ich diese Worte schreibe, bin ich genauso alt wie Pia, als sie erkrankte, als ihr Körper sich schleichend, unaufhaltsam Tag für Tag verabschiedete. Roccos Alter hingegen habe ich inzwischen weit überschritten. Auch das sind unsere Freunde: die Verkörperung verschiedener Lebensphasen, durch die wir navigieren wie durch ein Archipel – Landzungen umschiffend, die uns stets weit weg vorkamen. Doch nun, zunehmend auf uns allein gestellt, müssen wir feststellen, dass wir nicht die leiseste Ahnung haben, an welchen Klippen wir einst zerschellen werden.

Einige Zeit nachdem ich Roccos posthumes Buch fertiggestellt hatte, träumte ich Folgendes: Wir saßen in einem Auto, das er als junger Mann einst besessen hatte, in einem weißen Kleinwagen, dessen gesamter Kofferraum von einer Methanflasche in Beschlag genommen wurde. Wir fuhren durch eine endlose Allee in der Peripherie, gesäumt von Platanen. Ich wusste, dass Rocco schon tot war, weil er die Verletzung am Kinn hatte, die ihn bei seinem Unfall noch an Ort und Stelle getötet hatte. Außerdem war er leichenblass. Aber anders als ich es mir im Sommer davor, in jener Nacht in Griechenland ausgemalt hatte, wirkte er nicht mehr verloren oder irgendwie leidend auf mich. Anfangs war ich noch wütend auf ihn, da er raste, als wäre alles egal, ohne an den Ampeln und Kreuzungen dieser endlosen Allee anzuhalten. Er grinste, hatte vor nichts Angst. Doch dann wurde mir klar, dass das Risiko eines Zusammenstoßes gar nicht bestand, weil es auf dieser Allee und ihren Seitenstraßen niemanden gab außer uns. Sollte er halt bei Rot über die Ampel fahren, wenn ihn das glücklich machte! Einmal, wenn auch nicht im Traum, sondern in der Realität, fuhren wir in eben diesem weißen Auto auf der Autobahn, weil wir über Ostern nach Kalabrien wollten. Es war viel Verkehr. Bei Eboli ging vor uns ein Laster in Flammen auf, fing plötzlich Feuer wie der Kopf eines Streichholzes. Eine dichte Wolke aus schwarzem Rauch hüllte die gesamte Fahrbahn ein und stürzte uns in vollkommene Finsternis. Ich weiß noch, dass ich mir in einem dieser Sekundenbruchteile, die zu Stunden werden, ganz sicher war, dass wir da nicht lebend rauskämen. Doch statt zu sterben, fuhren wir erstaunlicherweise plötzlich im Tageslicht weiter. Statt einen tödlichen Bremsversuch zu wagen, hatte Rocco das Gaspedal durchgedrückt und den Wagen so schnell er konnte in diesen Rauch und die züngelnden Flammen gelenkt, um jenseits davon, wo keinerlei Gefahr mehr bestand, wieder aufzutauchen. Hätte ich am Steuer gesessen, hätten wir das nie überlebt. Vielleicht war das unvernünftige Tempo im Traum ein Nachhall dieses realen Erlebnisses: etwas, das verrückt erscheint, aber in Wirklichkeit das einzig Vernünftige war. Damals war das wie ein Symbol für mich: Er hatte seine Orientierungslosigkeit überwunden, sich mit seiner neuen Situation arrangiert. Und somit begonnen, sich endgültig zu verabschieden, vielleicht war das mit dem davonrasenden Auto gemeint gewesen. Ich hätte gleich damit anfangen sollen, mir Notizen zu Rocco zu machen, Dinge festzuhalten, bevor es zu spät war. Wie Apfelblüten, die von einer Brise erfasst werden, fliegen auch die Erinnerungen an diejenigen, die wir am meisten geliebt haben und so gut kennen, dass die Gewohnheit fast zu einem konditionierten Reflex geworden ist, unvorstellbar schnell davon. Wir glauben, Unmengen davon angehäuft zu haben – so zahlreich und lebhaft, dass wir sie für unauslöschlich halten. Stattdessen bleiben uns kaum mehr als ein paar Staubkörner, nichts als vage und flüchtige Bilder. Die gesamte *Beweislast* ruht auf den Schultern derjenigen, die zurückbleiben. Hatte es Menschen wie Rocco und Pia tatsächlich gegeben? Und von wem können wir schon mit Sicherheit behaupten, dass er oder sie ein glückliches Leben hatte? Trifft nicht für jedes Gefühl, das wir empfinden, für jedes wirklich wichtige Wort auch sein genaues Gegenteil zu? Von der kleinsten Molekülverbindung bis zur gigantischen Größe des Universums ist es immer das Unmögliche, das das Mögliche hervorbringt. Das ist das unauslöschliche Merkmal, der Webfehler unseres Lebens, und niemand kommt umhin, sich damit abzufinden, innerhalb seines beschränkten Horizonts die vom Universalgesetz auferlegte Strafe zu verbüßen.

«An einem Junitag vor einigen Jahren bemerkte der Mann, der behauptete mich zu lieben, in vorwurfsvollem Ton, dass ich hinkte.»

Die Erkrankung der Bewegungsneuronen schreitet währenddessen voran wie ein Feldherr, der ein Land erobert, das ihm keinen Widerstand entgegensetzen, den Vormarsch höchstens verlangsamen kann. Nach und nach verlor Pia die Kontrolle über ihre Gliedmaßen und Gesten, ihre Unabhängigkeit, während ihr wach- und furchtsamer Geist immer klarer, feinfühliger wurde. Der Titel ihres Buches über ihre letzten Lebensjahre, das den Höhepunkt ihrer *Naturliteratur* bildet, entstammt einem Gedicht von Emily Dickinson, einer Botanikerin par excellence. «I haven't told my garden yet», schreibt die Dichterin, «noch sagt' ich meinem Garten nichts», sprich, dass sie sterben, sich ins «Herz des Rätsels» begeben wird. Bald, viel zu bald! Wie bringt man dem Garten bei, dass die Gärtnerin nicht mehr kommen wird, um sich um ihn zu kümmern? Da ist es besser, ihm die Wahrheit zu verschweigen, auch der Biene, die zwischen den Sträuchern summt, den Wäldern und Hügeln, durch die Emily so gern gestreift ist. Es sind grundmenschliche Themen – erzwungen von der Erkenntnis darüber, wie das Leben so spielt, während Bienen und Gärten nichts vom Tod ahnen. Das letzte Buch von Pia ist große Literatur, besser gesagt, große Poesie, wenn wir darunter ein Höchstmaß an Humanität, Einzigartigkeit, Unzulänglichkeit verstehen. Als ich es las, hatte sie nur noch wenige Wochen zu leben, und was mich daran am meisten berührte, war die Art, wie Pia angesichts des Unausweichlichen aus Reserven schöpfte, die sie wie eine Ameise im Winter nach und nach angelegt hatte. Weisheit, Willenskraft. Doch all das reichte natürlich nicht aus. Vor allem in der Nacht, in gewissen Nächten, bleibt nichts als die blanke Angst – wie bei einem Körper im freien Fall. Dann wieder findet sie zu Ironie, zu einem positiven Gedanken, der Fähigkeit, sich Mut zu machen, zurück. Pia ist glaubwürdig, weil kein Sieg lange währt, weil das Einzige, das kontinuierlich Fortschritte macht, die Krankheit ist. Einerseits vertraute sie starken Medikamenten, andererseits probierte sie mit einer gewissen Skepsis verschiedene Mittelchen aus, die auch keinen Schaden mehr anrichten konnten. Elektrotherapie, Kräutertinkturen, Wildbeeren. In Wahrheit dürfte sie in nichts Vertrauen gehabt haben, und das zu Recht, weil nicht mehr viel zu machen war. Eines Abends, als es schon bergab ging mit ihr, besuchte ich sie und wir machten uns einen Spaß daraus, unsere Finger in ein Glas zu tauchen, das eine eklige, stinkende pflanzliche Melasse enthielt und gerade per Post aus Kalifornien eingetroffen war, verschickt von einer Scharlatanin, die behauptete, schamanische Heilkunst bei den Ureinwohnern der Wüste erlernt zu haben. Während die Zeit verging, war der Garten, ohne dass er sich erheblich verändert hätte oder verwildert wäre (weil jemand die dringlichsten Aufgaben übernahm), vor allem in Pias Augen zum wahrhaftigsten Spiegelbild der Umstände geworden. Auch wenn sie ihn nicht mehr pflegen konnte, sollte sie ihn bis zu ihrem letzten Atemzug nicht aufgeben. An jenem Abend bei ihr, als wir dieses kalifornische Allheilmittel hinunterwürgten und über Dies und Das redeten, tauchte plötzlich eine verschüttete Erinnerung aus einer inzwischen weit zurückliegenden Vergangenheit auf. Als ich eines Abends bei ihr in Mailand war, hatte Pia zwei Karten für ein Konzert von Martha Argerich geschenkt bekommen – Beethoven-Sonaten für Klavier und Cello. Wenige Sekunden bevor das Konzert anfing, schoben Krankenpfleger ein Rollbett herein und stellten es in die Nähe der Bühne. Anscheinend war der Mann in dem

Bett dem Tod schon nahe und wollte noch ein letztes Mal die Erhabenheit dieser Musik erleben, die für manche Menschen die wichtigste Erfahrung im Leben, die tiefste Emotion darstellt, eine Art Religion ohne Worte. Auf dem Heimweg hatten wir noch lange darüber geredet, über diesen Mann am Tropf mit Kopfverband und Adlernase, der sich an das erhöhte Kopfteil lehnte. Jedes Mal, wenn wir von Schönheit und menschlicher Würde ergriffen werden, gelingt es uns erfolgreich zwischen Nichtigem und Essenziellem zu unterscheiden, uns den Teil in uns bewusst zu machen, der sich nicht unterkriegen, sich von nichts erschüttern lässt, der souverän bleibt. Dem Garten nahe zu sein, ohne ihm von der Krankheit zu erzählen, besaß für Pia genau dieselbe Bedeutung wie für jenen Unbekannten das Beethoven-Konzert. Der Garten war ihre Musik, die trotz allem auch ohne sie weiterging.

Sicherlich bin ich in den Augen der anderen nicht mehr
attraktiv, und dennoch: Innerlich fühle ich mich jetzt
mehr denn je mit einer Art immaterieller Schönheit und
Harmonie verbunden. Einer Schönheit, die sich nach
und nach offenbart, während der Hochmut des Ichs, das
Klammern an der Welt schwindet und erlischt. Ich fühle,
wie ich aufgehe in etwas, das größer ist als ich.

Ich hatte einen langen Artikel über ihr Buch veröffentlicht. Zu diesem Zeitpunkt kommunizierte
sie nur noch per WhatsApp über Sprachnachrich-
ten. Am Tag seines Erscheinens bekam ich eine
Nachricht von ihr, offenbar hatte ihr jemand die
Zeitung vorbeigebracht. Jetzt, wo ich diese Sätze
schreibe, habe ich kurz überlegt, die alten Handys,
die ich in einer Schublade aufbewahre, zu reakti-
vieren, um die Sprachnachricht herauszusuchen.
Denn ich kann mich an nichts von dem erinnern,
was sie mir sagte, so als hätte ich die Sprachnachricht nie abgehört, ich erinnere mich nur, dass es
diese Nachricht gab und daran, wie sehr ich mich
freute, dass sie den Artikel noch gelesen hatte, und
ich ihr auf diese Weise indirekt mitteilen konnte,

wie gern ich sie hatte, wie sehr ich sie schätzte. Doch dann habe ich die Idee verworfen, mir die Nachricht noch einmal anzuhören. Es wird schon seine Gründe haben, wenn man etwas vergessen hat. Und auch wenn ich nicht sagen könnte, weshalb und warum, habe ich damit angefangen, mir dieses Vergessen vorzustellen wie eine Quelle, die einer dunklen Höhle entspringt und einen ganzen Fluss speist, dabei aber gleichzeitig unsichtbar bleibt.

In ihren besten Momenten war das, was sie empfand, «das klare Bewusstsein, allein auf der Welt zu sein». Dann wieder brodelte in ihr großer Groll. Als wäre die Krankheit die Folge davon, «einen falschen Weg» eingeschlagen zu haben. Wie kam sie nur darauf? Sich sinnlos zu quälen und zu demütigen, so schreibt sie, «hat meine Energie durchdrehen lassen». Auch im Garten brodelten in ihr giftige Gedanken. Denn die Phasen des Lebens reihen sich nicht aneinander, sie überlappen sich.

Mir scheint, als vollzögen sich gerade zwei parallele Prozesse: einerseits der körperliche Verfall, dessen Dynamik niemand versteht, andererseits eine Vorwärtsbewegung der Seele, die sich befreit.

Ich weiß nicht mehr, ob sie an einer Vitrine steckte oder auf einem Bücherregal stand, jedenfalls gab es da eine etwas zerknitterte Postkarte mit dem Motiv *Der Ursprung der Welt*, wie man sie am Ausgang von Museen verkauft. Vermutlich hatte sie die an jenem Septembermorgen im Musée d'Orsay gekauft, vielleicht hatte sie auch eine für mich und Rocco mitgenommen, daran erinnere ich mich nicht mehr, aber wie ich sie kenne, ist es mehr als wahrscheinlich. Nachdem die Sonne die unzähligen Laubschichten des Gartens durchdrungen hatte, schien sie ins Zimmer im ersten Stock und hüllte das Gemälde Courbets in goldene Staubpartikel, als wollte sie das Haarbüschel, diesen anatomischen Garten, in Flammen setzen und in einen brennenden Dornbusch verwandeln.

Wie kommt es, dass all dies nie bei seinem Namen ge-
nannt wurde, nämlich Todesangst? Wie kommt es, dass
ich immer glaubte, keine Angst davor zu haben?

Dass dies der letzte Abend war, den ich mit Pia verbringen würde, davon war auszugehen, aber wie bei allen wirklich feierlichen Momenten im Leben fehlte es an angemessener Feierlichkeit. Ein paar Tage später schrieb sie mir von einem Traum, in dem sie bei der Verabschiedung zu mir sagte, wir würden uns auf dieser Erde nie wiedersehen, woraufhin ich wütend wurde. Pia witzelte über meinen «Unmut». Jedenfalls war ich an diesem Abend bei ihr und jedes Mal konnte das letzte Mal sein. Ich stand kurz davor, sie zu fragen, ob sie sich noch daran erinnere, wie wir gemeinsam mit Rocco ins Museum gegangen waren, um uns *Der Ursprung der Welt* anzuschauen. Zwanzig Jahre waren seitdem vergangen, wie im Flug. Oder vielmehr kriechend langsam – aber welche Bedeutung hatte das an diesem Punkt noch? Der Sand ihrer Sanduhr war auf ein so feines Rinnsal zusammengeschrumpft, dass er beinahe unsichtbar war. Hätte ich es vermocht, sie mit einem Knopfdruck oder einer Zauberformel zu erlösen, sanft in Nichts aufzulösen, hätte ich es getan. Die Wipfel der Bäume zitterten leicht in der Brise, die mit dem Sonnenuntergang aufgekommen war. Das Dunkelgrün der immergrünen Pflanzen, das Pia so sehr liebte, gewann im Schattenspiel der Abenddämmerung die Oberhand. Der Duft von Harz, lockerer Erde und gemähtem Gras drang ins Zimmer. Jetzt, wo sie sich nicht mehr um ihn kümmern konnte, kümmerte sich der Garten um sie – *ja, wartete im wahrsten Sinne des Wortes auf sie.* Nicht so wie Tote, die angeblich im Jenseits auf die Lebenden warten, sondern eher wie ein Fortbewegungsmittel, das vor der Tür wartet, wie ein fliegender Teppich, wie Aschenputtels Kutsche, wie ein geflügeltes Pferd, das den Weg zur Quelle des Lebens, zum Ursprung der Welt kennt. Als gäbe es nichts Wichtigeres, verbellte Macchia zwei Wachteln, die einen Unterschlupf für die Nacht suchten.

LITERATURVERZEICHNIS

Agamben, Giorgio: *Pascoli e il pensiero della voce*, in Pascoli, Giovanni, *Il fanciullino* [1897], Feltrinelli, Mailand 1982.

Albinati, Edoardo: *Il battito involontario del cuore di Puskin*, in «Nuovi Argomenti» IV S., n. 1, Oktober-Dezember, Rom 1996.

Albinati, Edoardo: *Vivere e scrivere, il passo a due di Pia*, in «Il Sole 24 Ore» vom 9. Juni 2019.

Bellow, Saul: *Humboldts Vermächtnis* [1975], ins Deutsche übertragen von Eike Schönfeldt, Kiepenheuer & Witsch, Köln 2008.

Benini, Annalena: *Al giardino non l'ho detto*, in «Il Foglio» vom 23. April 2016.

Carabba, Carlo et al (Hrsg.): *Ciao Rocco*, in «Nuovi Argomenti» Ausgabe 47, Juli–September 2009.

Carbone, Rocco: *Agosto*, Theoria, Rom 1993.

Carbone, Rocco: *L'apparizione*, Mondadori, Mailand 2002/ Castelvecchi, Rom 2018.

Carbone, Rocco: *Per il tuo bene*, hrsg. von Emanuele Trevi, Mondadori, Mailand 2009.

Cataluccio, Francesco M.: *Il giardino di Pia Pera*, in «Doppiozero» vom 16. März 2016.

Cataluccio, Francesco M.: *La versione di Lolita*, in «Il Sole 24 Ore» vom 29. Juli 2018.

Cechov, Anton Pavlovic: *Tre racconti*, ins Italienische übertragen von Pia Pera, Voland, Rom 2011.

Cioran, Emile M.: *Fitzgerald* in: *Widersprüchliche Konturen*, ins Deutsche übertragen von Verena von der Heyden-Rynsch, Suhrkamp, Frankfurt 1986.

Colasanti, Arnaldo: *Morte di uno scrittore: Rocco Carbone e la Bhagavadgita*, in *Febbrili transiti. Frammenti di etica*, Mimesis, Mailand 2012.

Fermor, Patrick Leigh: *Die Zeit der Gaben/Zwischen Wäldern und Wasser* [1977/1986], ins Deutsche übertragen von Manfred und Gabriele Allié, Dörlemann, Zürich 2009.

Gadda, Carlo Emilio: *Die grässliche Bescherung in der Via Merulana* [1957], ins Deutsche übertragen von Toni Kienlechner, Wagenbach, Berlin 1998.

Gamberale, Chiara: *Il riscatto delle nostre imperfezioni, la lezione di Rocco Carbone*, in «il Riformista» vom 21. Juli 2008.

Garboli, Cesare: «Diari di Delfini» [1982] in *Scritti Servili*, Einaudi, Turin, 1989.

Gardini, Nicola: *Elegia dell'amore vegetale*, in «Il Sole 24 Ore» vom 16. Februar 2016.

Greco, Gianluca: *Un saluto a Rocco* [Film], 2009.

Hillman, James: *Ananke e Atena. La necessità della psicologia anormale* [1974], in *Figure del mito*, ins Italienische übertragen von Adriana Bottini, Adelphi, Mailand 2014.

Hillman, James: *Athene, Ananke and the Necessity of Abnormal Psychology* in *Mythic Figures*, Spring Publications, Washington 2021.

Hodgson Burnett, Frances: *Der geheime Garten* [1911], übertragen von Felix Mayer, Anaconda, Köln 2013.

Hodgson Burnett, Frances: *Il giardino segreto* [1911], ins Italienische übertragen von Pia Pera, Illustrationen von Fabian Negrin, Salani, Mailand 2005.

Lewis, Clive Staples: *L'allegoria d'amore. Saggio sulla tradizione medievale* [1936], ins Italienische übertragen von Giovanna Stefancich, Einaudi, Turin 1969.

Pera, Pia: *Die Schönheit des Esels* [1992], ins Deutsche übertragen von Dorette Deutsch, dtv, München 1994.

Pera, Pia: *Die Weisheit meines Gartens: Wie die Natur mich*

lehrte, worauf es am Ende ankommt im Leben [2016], ins
Deutsche übertragen von Maja Pflug, btb, München
2019.

Pera, Pia: *L'orto di un perdigiorno* [2003], Ponte alle Grazie,
Florenz 2021.

Pera, Pia: *Lolitas Tagebuch* [1995], ins Deutsche übertragen
von Olaf Roth, Ullstein, Berlin 1997.

Puschkin, Alexander Sergejewitsch: *Eugen Onegin* [1833],
in *Gedichte, Poeme, Eugen Onegin*, ins Deutsche übertragen von Theodor Commichau, SWA-Verlag,
Berlin 1947.

Puskin, Aleksandr: *Evgenij Onegin* [1822-1831], hrsg. von
Pia Pera, Marsilio, Venedig 1996.

Ricci, Lara: *Pia Pera*, in *Enciclopedia delle donne*,
www.enciclopediadelledonne.it

Savatier, Thierry: *Courbet e «L'origine del mondo». Storia
di un quadro scandaloso* [2006], ins Italienische übertragen von Roberto Peverelli, Medusa edizioni,
Mailand 2008.

Tarquini, Tarcisio (Hrsg.): *Landolfi libro per libro*, Hetea
1988.

Velotti, Stefano: *Intorno a Pia*, in Maria Cristina
Vimercati, *Il giardino di Pia Pera*, Katalog zur Aus-
stellung, Mailand 2016, später in «Lo straniero» n.196,
Oktober 2016.

Vitale, Serena: *Puschkins Knopf* [2005], ins Deutsche übertragen von Irmengard Gabler, Fischer, Frankfurt 2016.

© Marco Destefanis / Alamy Stock Photo

Emanuele Trevi wurde 1964 in Rom geboren, wo er auch heute noch lebt und sich in den 1980er-Jahren mit Pia Pera und Rocco Carbone anfreundete. Er ist Schriftsteller und Literaturkritiker, Mitarbeiter des *Corriere della Sera* und des *Manifesto* und hat zahlreiche Preise gewonnen, darunter den Premio Strega 2021 für *Due Vite*. Er vermischt erfolgreich Roman und Essay, Biografie und Memoiren zu einem äußerst persönlichen Genre.

© Ulrike Frömel

Christiane Burkhardt studierte Italienische Literaturwissenschaft, Neuere Deutsche Literatur und Kunstgeschichte und war anschließend als Lehrerin tätig. Sie lebt und arbeitet als freiberufliche Übersetzerin aus dem Italienischen, Niederländischen und Englischen in München und unterrichtet neben ihrer eigenen Tätigkeit Literarisches Übersetzen.

© Privat

Janine Malz schloss ihr Studium in Germersheim und Triest als Diplom-Übersetzerin ab. Nach mehrjährigen Erfahrungen als In-house-Übersetzerin und Projektmanagerin sowie als Lektorin ist sie nun als freiberufliche Literaturübersetzerin tätig. Sie übersetzt aus dem Englischen, Italienischen und Niederländischen.

Die Originalausgabe erschien 2020 unter dem Titel *Due Vite* bei
Neri Pozza Editore, Vicenza. neripozza.it

Die deutsche Ausgabe wurde ermöglicht durch die Zusammenarbeit
mit TILA / The Italian Literary Agency.

1. Auflage 2024

Verlag Freies Geistesleben
Landhausstraße 82, 70190 Stuttgart
geistesleben.de

Oktaven: Die literarische Reihe im Verlag Freies Geistesleben

ISBN 978-3-7725-3039-5

Ⓔ auch als eBook erhältlich

Deutsche Ausgabe:
© 2024 Verlag Freies Geistesleben
& Urachhaus GmbH, Stuttgart
Gestaltungskonzept: Maria A. Kafitz
Umschlagsmotiv: Kasimir Malewitsch, *Weiblicher Torso*, 1928/32
picture alliance / akg-images
Satz: Bianca Bonfert
Druck: GGP Media GmbH, Pößneck
Printed in Germany

 Entdecken Sie weitere literarische Bücher:
geistesleben.de/oktaven

 und bleiben Sie mit unserem Newsletter
auf dem Laufenden: geistesleben.de/news